Je veux jouer de la lisière

Anne Robin

Je veux jouer de la lisière

Recueil

LE LYS BLEU
ÉDITIONS

ISBN : 979-10-377-8492-6

De la même auteure

Tas de journaux, balade au musée d'art. Éditions La Bruyère, 2017, récit, conte-pamphlet, essai ;

La Pêche aux pensées. Éditions Baudelaire, 2019, essai autobiographique ;

Ces ouvrages sont susceptibles de ne plus être chez les éditeurs cités. En cas de recherche, contacter directement l'auteure : anne.robin-2a@orange.fr.

Sites internet de l'auteure : www.lapoulie42.fr (compagnie artistique et culturelle), anne-robin-plasticienne.jimdofree.com (site consacré aux arts plastiques)

Inventions poétiques, fantaisies et loufoqueries

Passer l'arc-en-ciel

Hier, j'ai rencontré un arc-en-ciel.

J'étais avec mon cheval. Allongée sur son dos, les mains plongées dans sa crinière brune. Nous venions de passer la montagne et traversions la vaste prairie verte et rouge. Il s'est arrêté, je me suis redressée.

« Je voudrais passer le fossé », a déclaré Mudic.

Regard par devant moi : pas de pont. Les yeux vers le bas : plutôt un ravin qu'un fossé. Vertige.

Un murmure s'éleva du côté de la colline qui jouxtait la prairie fleurie. Des arbustes y agitaient doucement leurs branches. *« Un ouragan jadis en a creusé le lit. Un ouragan jadis en a creusé le lit. Un ouragan jadis en a creusé le lit… »*

Poser mes pas en bas pour recevoir le ciel

« Je voudrais passer le fossé, a répété Mudic.

— Eh bien, recule, galope, prends ton élan et saute !

— Trop large, trop loin, je ne suis pas un géant », a-t-il répliqué.

J'ai porté mon regard vers les arbres plantés sur la colline. Ils s'étaient immobilisés. Au-dessus s'étirait un petit arc-en-ciel, qui scintillait telle une soucoupe volante affublée d'ampoules clignotantes. Mes yeux se sont noyés dans l'orange, le bleu, le rose, l'indigo.

« Qui a mélangé les couleurs de la prairie ? » a demandé mon cheval. Le groupe d'arbustes se mit alors à bruire d'autres mots : *« La couturière assemble les rubans. La couturière assemble les rubans. La couturière... »*

J'ai regardé la prairie fleurie, puis à nouveau du côté de la colline. En haut, c'était du bonbon. Des filaments chatoyants se fondaient les uns dans les autres.

« L'arc est un géant mobile. L'arc est un géant mobile. L'arc est un géant mobile. »

Les arbustes cessèrent leur murmure, et, après un soupir, on entendit plus distinctement : *« Il ira jusqu'à toi. »*

Mudic se mit à hennir bruyamment. Je ne pouvais détacher mon regard de la bande multicolore, qui soudain se mit en mouvement. Elle s'extirpa du fond du ciel, lentement, comme une pâte de caramel se détache de la casserole. Enfin libre, elle avança rapidement jusqu'à nous, regroupant et éloignant ses extrémités, ondulant à la manière d'une antilope ou d'un guépard en pleine course. En moins de dix secondes, l'arc avait atteint le fossé et l'enjambait. La bande de rubans s'était posée, arrondie et souple : un pont !

Ah ! Mais non, pas tout à fait. Tandis qu'en face de nous, un des piliers reposait sur le bord, l'autre, le plus proche, s'enfonçait dans le ravin.

Aller dormir au fond, car les couleurs en cascade y plongent
Jouer de mes rêves en leurs reflets

Têtu, Mudic continuait à regarder au loin. « Je voudrais passer le fossé », a-t-il encore dit. Comme en écho, le champ d'arbustes répondit : *« Passons le pont. Passons le pont. »*

« Prenons l'arc-en-ciel ! Prenons de l'élan et l'arc-en-ciel ! » ai-je crié.

Nos bras, nos jambes, nos sabots, nos crinières et nos cheveux se sont englués dans la friandise. L'arc s'est allongé puis aplati dans la prairie. Mon cheval et moi avons ri et roulé jusqu'à l'autre rive, enfoncé nos têtes dans l'herbe humide.

Sur la colline, les arbres soupiraient toujours. Leurs mots roulaient jusqu'à nous, mais nous ne les entendions plus.

Passer ses vacances dans l'océan bleu ou dans l'azur du ciel – Passer un pantalon rouge et un pull mauve – Passer la farine blanche, passer le thé noir – Passer par la porte, la fenêtre, passer par le centre-ville ou la rocade – Passer par le chas de l'aiguille.

Passer son chemin. Passer l'épreuve, passer le cap. Passer sa vie dans les couleurs et la félicité des ondes lumineuses.

Les technocrates sans envergure

Les technocrates sans envergure ont les pieds plats. Ils se nourrissent de homards, de bulots et d'araignées. Ils apprécient également les pissenlits, mais ceux-ci les rattrapent par les pieds. En général, leur nez s'effile en un triangle allongé, dessinant une courbe vers le haut. Certains ont même un attribut nasal qui rejoint leur front. Cela les fait loucher.

Les technocrates sans envergure voyagent dans les hautes montagnes, une fois par an. C'est le Président qui l'a décidé. Voyage d'affaires dans les airs, pour taquiner le précipice, contempler la mondialisation et oublier l'essentiel. Parfois, l'excursion les emmène dans une chaîne de volcans, un lieu particulièrement prisé. Alors chantent-ils à tue-tête sous les plafonds. Des larmes de feu lèchent leurs oreilles. Mais les technocrates sans envergure n'ont pas peur de la mort.

Les technocrates sans envergure encombrent les trottoirs. Quand on les chasse, ils font beaucoup d'histoires. Ils attrapent leur ordinateur, leur téléphone mobile et leur attaché-case, puis sautent dans un parachute doré. S'ils le peuvent, ils emportent aussi leur chien et leur tondeuse à gazon. Dans les hautes sphères, ils sont toujours très excités.

Les technocrates sans envergure ont la dent dure, et plusieurs couronnes sur les canines. Ils aiment ouvrir la bouche et parler beaucoup. Ils s'assoient en cercle dans de larges fauteuils, s'exclament, se crient dessus, discutent âprement des performances systémiques de l'État-nation ou bien des nouveaux constituants organiques des quartiers sensibles. Ils passent des SMS et tchatchent sur tous les réseaux.

Quand l'ordinaire leur saute à la figure, les technocrates sans envergure jouent à chat perché.

Dora city

Dora city, bientôt 23 heures.

Juin. Une soirée douce et chaude comme je les aime. Des gens partout en terrasse, d'autres qui palabrent assis sur des bancs, au milieu de cette grande place, dont je ne connais pas le nom, que j'ai traversée une première fois, puis retrouvée après avoir quadrillé le plan de la ville avec mes pieds.

*

Depuis quelques jours, c'est la canicule. À l'arrivée du train, le choc a été intense. L'impression d'entrer dans un four lorsque j'ai descendu les marches menant au quai. Curieuse sensation puisque je sortais. Oui, je sortais du train, et je suis pourtant entrée. Comment croire qu'on puisse entrer dehors ? C'est pourtant ce qui m'est arrivé.

Aucun infini dans cet extérieur. Au contraire, j'ai cru pénétrer dans une pièce de petites dimensions, pourvue de parois qui semblaient vouloir m'enserrer, telles deux grosses pattes de lionne. Dans mon nouveau bocal, les pattes puissantes diffusaient une chaleur aiguë et moite. J'ai respiré lentement, à fond, tentant de chasser l'oppression, puis je me suis habituée à la température.

J'ai rejoint la grande place. La lionne était toujours là, m'entourant comme une enveloppe. Ensuite, le soleil s'est adouci, assagi, tandis que les heures s'égrenaient. 19 heures, 20 heures. La soirée, enfin. Puis la nuit, qui a distillé en moi l'envie de bouger et de rêver mon corps. J'ai adopté la lionne, tout en la repoussant doucement, envoyant vers les rues alentour son poitrail moelleux et ses membres accueillants.

Je me suis mise en route. J'ai marché au hasard dans la ville, traçant mon chemin dans une toile d'araignée constituée d'artères étroites et de croisements, tout en m'adonnant à un jeu. À chaque fin de rue ou de ruelle, cette question : je tourne à droite ou je tourne à gauche ?

J'ai ainsi dessiné le corps entier de la lionne, désormais couchée de tout son long sur la ville tiède. J'ai suivi sur un boulevard la courbe de son dos, sur un autre celle de son abdomen. Prenant des avenues en oblique, j'ai avancé le long de ses pattes. J'ai franchi des carrefours, longé des porches. Je suis passée devant des alcôves enclavées dans des façades d'immeubles, qui m'apparaissaient l'une un genou, l'autre une touffe de poils ou bien une griffe.

C'est lorsque je suis arrivée en bordure d'agglomération que je me suis ressaisie. Oh, en allant trop loin j'allais quitter la lionne ! Sa fourrure attirante, sa molle douceur, si bonnes après la chaleur rude et cuisante. Je me suis retournée, j'ai repris ma marche dans l'autre sens. J'ai longé une rocade qui s'épanouissait en un grand et long virage conduisant vers le centre-ville, suivant pas à pas la queue du félin, recourbée sur son dos en direction de la tête.

Un tronçon de rocade, puis une pénétrante prolongée par un boulevard urbain arboré, et enfin cette grande place dont je ne connais pas le nom, où tous les habitants semblent s'être donné rendez-vous. C'est la tête de la lionne. Je la reconnais immédiatement.

Deux kiosques sur cette place : ses yeux.

Des jets d'eau : ses moustaches.

Des parasols aux couleurs vives au-dessus des tables de bar : son museau, ses joues.

Je m'assois dans un bistrot et commande un safari cocktail. Un peu de repos avant de retourner à la gare prendre ma correspondance.

Papillons en réaction

Si les avions ont des ailes, celles des papillons sont en réaction.

L'habit ne fait pas le moine, pas plus que l'aile ne fait l'oiseau, ni l'ange d'ailleurs, qui pourtant agite ses deux ailes mignonnes au-dessus du monde.

Les cambrioleurs volent, parfois à tire d'aile. La pie est aussi voleuse que les cambrioleurs, mais elle au moins a des ailes. Les requins, eux, ont des ailerons. (Ailerons : verbe du premier groupe conjugué au futur simple, première personne du pluriel. J'ailerai, à ne pas confondre avec je hélerai – appeler, apostropher, interpeller – tu aileras, il ailera, nous ailerons.) Au futur, cela signifie que les requins seront un jour pourvus d'ailes. Tout comme les poissons volants.

Les cambrioleurs, quand ils sont surpris, prennent les ailes à leur cou. Ce n'est pas le cas des poissons volants, qui n'ont pas de cou, et qui auront des ailes un jour. Ils deviendront des oiseaux. Seront-ils encore des poissons ?

Certains volatiles ont des ailes qui ne leur servent à rien. D'autres plongent dans la mer pour chercher des poissons.

On dit que les ailes sont symbole de légèreté et d'élévation. Mais pas lors des marées noires. L'oiseau voit ses ailes s'engluer dans le pétrole, impossible de décoller du sol. C'est la poisse. Il ne peut plus être en réaction au côté des papillons.

L'aile se raccroche toujours à quelque chose, la preuve, ajoutez-lui une consonne : Gel, pelle, sel – s-e-l – ou selle – s-e-l-l-e –, quel ou quelle au féminin, zèle, bêle. Ça provoque des confusions avec elle, je veux dire avec aile – a-i-l-e –, mais le papillon s'en fout, car il ne songe qu'aux ailes du désir. Il s'élève au côté des avions frémissants. Les ganivelles, quant à elles, qui n'ont pas d'ailes, mais quand même deux « l », restent à terre.

Les anges sont-ils en suspension, comme les avions, ou volent-ils, comme les papillons ?

Ni queue ni tête ? Hélas, seulement des ailes !

Et le bec ? Et le bec ?

La douche

Cher Dieu,

Il paraît que tu existes. Jusqu'à ce que j'aie la preuve du contraire, je veux bien le croire, car cela m'arrange. L'espoir fait vivre, dit-on, or, je n'ai plus que lui pour me débarrasser de mes péchés, en me lavant de tout soupçon.

J'ai pris une longue douche, très chaude, priant pour que l'eau dégoulinant sur mon corps entraîne avec elle mes errements, mes erreurs, et, ne craignons plus de le dire désormais qu'il faut mourir, mes crimes. Je me suis brûlé la peau pour me laver de tout soupçon. Cela n'a pas marché.

Je me suis savonnée avec rage, j'ai utilisé le gant de crin pour frotter toute ma surface jusqu'à ce qu'elle devienne couleur écrevisse. Cela n'a pas marché.

J'ai alors pensé qu'il fallait, pour me laver de tout soupçon, s'occuper de l'intérieur de ma personne autant que de l'extérieur, parce que mes crimes – je commence enfin à m'habituer à ce mot qui jusqu'ici était imprononçable – se sont lovés dans ma chair et mes organes. J'ai pris de l'eau dans ma bouche, je l'ai tournée et retournée entre mes dents, je m'en suis gargarisée puis l'ai crachée en toussant, m'étouffant à moitié. J'ai bu des litres et des litres d'eau, j'ai pissé des litres et des litres d'eau, pleine d'espoir à l'idée que toute cette eau charrierait mes crimes hors de mon corps et me laverait de tout soupçon. Cela n'a pas marché.

Épuisée, effrayée, tremblante, je me tiens maintenant devant toi, dans un dernier espoir, un ultime élan, Dieu qui ne m'apparaît pas, mais qui existe, on me l'a dit, ce que je veux bien admettre, pourquoi pas si cela peut servir mon dessein.

Aide-moi, je t'en conjure et t'en supplie. Je souhaite, alors que ma dernière heure approche et que presque tous mes souvenirs se sont écoulés par les rides de ma peau, oublier ceux-là. Avec leur disparition, le soupçon s'en ira aussi.

Comment oser prononcer ces mots horribles, ces mots terribles, ces mots qui me collent à la peau, s'accrochent à mon corps comme des sangsues ? Oui, j'ai tué. J'ai tué. J'ai tué, dis-je ! faut-il le répéter encore ? Et plus d'une fois, hélas.

Qu'y puis-je ? Comment aurais-je pu faire autrement ? Il fallait bien répondre à mon puissant désir d'unicité, au besoin impérieux de me dépouiller de toute attache. Un seul membre de ma famille n'aurait pas suffi. Aussi ai-je tué grand-père, père, mère et frère. Crimes impunis, soigneusement et ingénieusement cachés pendant plusieurs décennies.

Je n'ai pas osé en informer les vivants. Pourquoi déranger ceux qui restent, désormais que le temps a passé ? Pourquoi les alarmer, leur ôter une tranquillité qu'ils ont si durement acquise ? Car ils ne me soupçonnent même plus ! Non !

Ne t'y trompe pas, cher Dieu, en évoquant le soupçon, ce n'est pas d'eux, mais de moi que je parle. Lorsque je parviens à repousser mes forfaits jusqu'au tréfonds de ma mémoire, à dissimuler le costume de l'assassin derrière la scène de ma vie, des traces malgré tout demeurent, puissantes, collantes. Toujours le soupçon se tient au bord de ma conscience. J'ai beau me laver, me brûler, déchirer ma peau, la personne que j'habite reste une ennemie dangereuse qui m'épie sans discontinuer. Défiance, doute, suspicion. Pour contrer l'insupportable, je convoque tour à tour le flou, l'ombre, l'indifférence, l'omission, l'effacement, et même la distraction, jusqu'à parvenir à oublier qui j'étais, mais je n'oublie ni le guet, ni la peur, ni la haine.

Hélas, je ne peux pas m'en aller dans l'au-delà en emportant avec moi le soupçon du crime. C'est pourquoi, cher Dieu, Dieu que je ne connais pas, Dieu qui m'est étranger, mais qui existe pour celui ou celle qui veut y croire, on me l'a assuré, et moi je veux bien, oh oui je veux bien le croire, c'est pourquoi, disais-je, je viens te trouver, en vue d'une délivrance que toi seul peux me donner.

Me laver de tout soupçon, voilà ce qu'il faut, voilà la raison pour laquelle je t'implore. Je veux que tu me laves de tout soupçon. Une longue douche n'y a pas suffi.

Le rond de lumière

Dès son retour du travail, Irina se jeta sur le canapé, saisit vivement le plaid qui était tombé sur le tapis et s'en recouvrit des pieds à la tête, essayant de s'y tenir entièrement. « Il faudra que j'en achète un autre, celui-là est trop court. Il fait si froid depuis les événements, je n'en peux plus ! Combien de temps cela va-t-il durer ? » Elle était gelée, sentait tout son corps contracté. Elle s'efforça de respirer lentement, se détendit peu à peu.

Se retournant sur le côté pour plier les jambes sous le plaid et se lover plus confortablement, Irina fut surprise d'apercevoir au sol un rond jaunâtre. Elle redressa la tête, pleine d'espoir. C'était bien cela : ce rond n'appartenait pas aux dessins géométriques du tapis. C'était un cercle lumineux. « Le soleil ? Ici ? Quelle chance, moi qui ne le vois plus jamais dans mon appartement ! »

Irina décida de s'allonger par terre pour profiter de la chaleur. Auparavant, elle fit trois pas vers le poste de radio et le mit en marche, curieuse de savoir s'il se passait quelque chose d'inhabituel. Une inquiétude pointait malgré son contentement, la tenant vaguement en alerte. Elle repoussa la table basse sur les abords du tapis et se coucha sur le dos, la tête dans le rond de soleil, se recouvrit à nouveau du plaid, cette fois sans essayer d'y disparaître complètement. Elle ouvrit les oreilles tout en soupirant d'aise. L'astre la réchauffait, couvrant ses joues, son front et son nez d'une douce tiédeur. Que c'était agréable ! Il y avait si longtemps !

Quelques pubs agaçantes étaient diffusées à l'antenne, lorsque l'une d'elles fut interrompue, laissant place à la voix d'une présentatrice. « Surprenant, très surprenant ! jugea Irina. Depuis quand coupe-t-on les publicités à la radio ? » Cependant, la gravité de la voix l'arrêta dans ses réflexions.

« Mesdames, messieurs, le service spécial de communication du gouvernement vous parle. Appel urgent à la population. Attention, présence d'un danger potentiel. Veuillez écouter attentivement ce message puis le transmettre autour de vous, en vérifiant que les membres de votre famille, vos amis et vos voisins l'ont entendu.

Depuis le dérèglement astral et l'excès de tornades, le soleil ne brille plus que sur certaines parties de notre planète Terre, le plus souvent faiblement. Or, deux événements viennent de se produire, encore inexpliqués mais vis-à-vis desquels nous vous invitons à rester prudents. L'astre, qui s'était presque éteint, vient de reprendre vie. Selon nos observations, il tend à briller de plus en plus fort. »

Irina s'assit sur le tapis, en s'écartant du rond de lumière pour l'observer. Il prenait de la densité, c'était certain. Le jaune pâle qu'elle avait observé quelques minutes plus tôt était devenu jaune d'or. Son cœur se mit à battre plus fort. Elle hésitait entre crainte et plaisir. Posséder le soleil ? Quelle chance et quel bonheur ce serait !

À la radio, la voix continuait. « Le second événement, non moins étonnant, est que l'astre diffuse sa lumière en petits faisceaux, qui vous apparaîtront tels des éclairages issus de spots. Attention ! Ne vous approchez pas de ces ronds de lumière, n'y mettez pas la main, n'essayez pas non plus de les capturer. Si la température du soleil continue à monter, cela peut devenir dangereux.

Les premières études suggèrent que plusieurs millions de météorites seraient entrées dans la zone d'influence du soleil, se répartissant tout autour. Ces météorites étant toutes percées de trous depuis la dernière explosion astrale, la lumière les traverse, projetant ainsi des ronds jaunes à la surface de la Terre.

Nous répétons : attention, ne vous approchez pas de ces ronds de lumière, n'y mettez pas la main, n'essayez pas de les capturer.

Mesdames et messieurs, veuillez transmettre ces informations autour de vous… »

Irina s'était levée bien avant la fin du message. Fébrile, un peu hagarde, elle cherchait autour d'elle un objet qui pourrait contenir le soleil. Elle avisa le bocal posé sur le buffet, dans lequel trois poissons rouges tournaient sans fin. Irina n'eut aucune hésitation. Elle se précipita dans la cuisine, saisit un fait-tout et y transféra eau et poissons. Puis elle posa le bocal à l'envers sur le rond de lumière, qui brillait plus que jamais sur le tapis. « Formidable, magnifique : c'est exactement la bonne dimension. »

Irina s'absorba dans la contemplation de la lumière, qui maintenant remplissait le bocal. « Soleil, je te garde. Tu resteras chez moi, tu m'es trop précieux. »

Purpurin dans la cuisine

Dès neuf heures du matin, Purpurin débarqua dans la cuisine. Il commença à tarabiscoter des cucurbitacées, ce qui lui prit presque une heure. Il les mit à potiner sur le feu. Puis il relut la recette qu'il avait marouflée la veille depuis Marmiton.com. « Lorsque les cucurbitacées sont à point, ajoutez les silicules décussées et coupées en dés, le gîte et le chapeau de bœuf préalablement passés au salpicon. Couvrez d'opercule et laissez cuire une heure et demie à feu doux. »

Une fois ces tâches effectuées, Purpurin s'assit dans son tépale et put se laisser aller à penser librement à sa douce. Toujours enchifrené lorsqu'il la recevait à déjeuner, il se félicita d'avoir cacardé bien à l'heure. Il saisit une revue de mots croisés pour lénifier durant la cuisson.

Première définition : « Déjection d'animaux, liquide et exempte de toute bactérie ». « Purpurin », évidemment ! se dit Purpurin. Deuxième : « Trio de sexes masculins particulièrement loyaux ». Il chercha un moment avant de trouver : trilobites.

La troisième définition le laissa coi : « Vérification oculaire de naguère ». Le jeune homme fronça les sourcils, soupira, et passa aux définitions verticales : « Grand cri de surprise face à un phénomène qui semble bizarre ». « Oh ! Ah ! » essaya Purpurin. Il fit la moue. Ce n'était sûrement pas cela. Une bonne odeur parvint alors à ses amphitryons. Il se leva pour végétailler la préparation.

À nouveau installé confortablement dans son tépale, Purpurin attrapa la revue et se remit à réfléchir. « Grand cri de surprise face à un phénomène qui semble bizarre. » Pris de bruxisme, Purpurin hurla : Hurluberlu ! Mais le mot n'entrait pas dans les cases. Tant pis ! déclara le jeune homme en maugréant, et il retira un r du mot. Tandis qu'il inscrivait huluberlu sur la grille, les lettres l'aidèrent à déblatérer et la définition précédente s'éclaira. « Vérification oculaire de naguère » ? C'était vernaculaire, bien sûr.

La cuisson était presque adonisée. Purpurin s'apprêtait à ajouter de la pipistrelle, touche finale qui magnifierait son plat et ravirait son aimée, il en était certain, lorsque le monoïque sonna. C'était elle.

— Navrée, mais je ne peux pas venir, j'ai eu une ziggourat.

— Ah, yoyo ! s'exclama Purpurin avec dépit. Tu m'imputes ! Je me suis levé tôt pour te préparer un super glomérule.

— Je suis vraiment amélanchiée, mon amour. On peut remettre ça à ce soir ?

Purpurin soupira.

— D'accord. Je renasque et on réchauffera.

Le jeune homme raccrocha, mit toutes ses billevesées dans le même panier et alla se recoucher[1].

[1] Tous les mots inhabituels utilisés dans ce texte existent, mais certains ne sont plus employés. On les trouve dans les dictionnaires de français ancien.

L’essence est dans la joie

Il s’agit maintenant de prendre de l’essence, et de me dépêcher. Quelle joie de partir ! Sauf qu’il y a une sacrée file d’attente à la station. Et zut ! Je vais encore perdre du temps. Sénèque affirme : « Le plus grand obstacle à la vie est l’attente ; qui espère demain néglige aujourd’hui. »

Pff… Je me suis payé tous les feux rouges, en plus d’avoir patienté un temps fou rue des Phidelophes, à cause d’une circulation alternée due à des travaux. Ensuite, dans les rues du centre-ville, je suis tombée sur la foire de la Sagesse. Sens interdit, déviation. Déjà que j’étais partie en retard. Deux coups de fil, juste au moment où j’allais quitter l’appartement. Le premier d’Aristote, le second de Kant. C’était bien ma veine. Puis je suis descendue.

Arrivée dans la rue, je me suis rendu compte que mes papiers étaient restés là-haut, dans la poche d’une autre veste. Remontée, sans ascenseur s’il vous plaît, puisque celui-ci est en panne depuis trois semaines, redescente, et à nouveau, re-montée et re-descente, car cette fois j’avais oublié ma réservation pour la conférence. Cavalcade dans les escaliers. Ne pas me casser la figure, ce serait la catastrophe. Heureusement, « l’existence précède l’essence », assure Jean-Paul Sartre. Mon cœur battait fort. Gros stress, la sérénité n’était pas avec moi. Confucius prétend : « Le sage est calme et serein. L’homme de peu est toujours accablé de soucis. »

Enfin dans l’auto. Lorsque j’ai cru partir… Ah, zut ! La jauge du réservoir était dans le rouge ! Moi qui croyais avoir suffisamment d’essence, erreur ! Blaise Pascal pourtant nous prévient : « Les sens abusent souvent la raison par de fausses apparences. » Trente-cinq kilomètres à parcourir pour rejoindre mon aimé, je n'allais pas prendre de risque, ça n'aurait pas eu de sens. Il fallait trouver une station. Prendre de l'essence et se calmer les sens, c'est la clé du succès. Sri Chinmoy le dit bien : « Le succès se mesure par la joie extérieure, le progrès se mesure par la paix intérieure. »

Là, j'y suis, à la station d'essence. Mais alors quelle galère ! Première pompe : hors service. La deuxième, pour laquelle je fais la queue je ne sais combien de temps : paiement en carte bancaire uniquement, et je n'ai pas ma carte avec moi. Oh, j'ai attendu tout ce temps pour rien ! Winston Churchill profère : « Le succès, c'est d'aller d'échec en échec sans perdre son enthousiasme. » Vraiment ? Cela ne me convainc guère.

Eh, les voitures ! Dépêchez-vous ! Laissez-moi passer, je suis pressée !

« Aimes-tu la vie ? demande Benjamin Franklin. Alors, ne gaspille pas ton temps, car il est l'essence de la vie. » Sans doute, sans doute, mais je me demande si le désir ne se trouve pas au cœur de la destinée. Désir des sens, désir d'essence. Spinoza le confirme : « Le désir est l'essence même de l'homme, c'est-à-dire l'effort par lequel l'homme s'efforce de persévérer dans son être. »

Je me glisse dans une troisième file, de plus en plus énervée. Je veux de l'essence ! Je veux partir ! Que va dire Pierre-Désiré si j'arrive en retard ? Il déteste cela ! Allons, allons, du calme. Après tout, « L'incertitude est l'essence même de l'aventure amoureuse », soutient Oscar Wilde, et « L'amour est inquiet par essence », prétend Francharme. Peut-être… Mais la conférence que nous allons écouter intéresse bigrement Pierre-désiré, il ne s'agit pas de la rater, il m'en voudrait.

En attendant mon tour, à la station, j'ai tout le temps de feuilleter la brochure des Rencontres de philosophie, qui ont lieu au Palais des sens de Raison-sur-Ségur. Elles s'intitulent « Qu'a donc dit Sophie ? ». Dans l'édito, je lis : « Chez Socrate et Platon, la sophia est une vertu essentielle du gouvernant lui permettant de voir les essences. » Je cherche la conférence que nous avons choisie, « La joie est l'essence du succès ». Intéressant, attirant même, mais est-ce bien certain ? Ne faut-il pas toujours invoquer le doute, en bon phidelophe ? C'est Pierre Joliot qui affirme : « Toute certitude est par essence contradictoire avec la philosophie de la recherche. »

La joie est l'essence du succès… Ah, parlons-en de l'essence ! Et de ma joie, lorsqu'enfin je parviens à la pompe, et à remplir mon réservoir ! Sénèque – encore lui – a beau dire « La déception est bien moins pénible quand on ne s'est point d'avance promis le succès », quelle réussite, pourtant, de prendre de l'essence, après tous les ennuis que j'ai eus depuis ce matin ! On dirait que c'était fait exprès. Que quelqu'un – un esprit, un ange, un démon, Dieu peut-être – me mettait volontairement des bâtons dans les roues pour m'empêcher de partir retrouver mon aimé. C'est pourtant essentiel !

Qui nous dirige, là-haut ? Qui choisit le sens de nos actions et distille la joie ou le malheur depuis le ciel ? Saint-Augustin énonce : « L'essence divine repose sur l'acte même qui transforme le principe du mal en perfection suprême. » Quant à Eschyle, il suggère : « La discipline est mère du succès. » Mais le succès est-il compatible avec l'incertitude ? avec le doute ?

Mes neurones s'agitent dans tous les sens. Ma joie est-elle produite par mes sens ou bien par l'essence ? Heu, je veux dire… les/sens ou bien l'essence que j'ai mise dans ma voiture, le carburant, quoi ? D'ailleurs, en parlant de carburant, est-ce l'essence ou le gazole qui produit le plus de joie ? Quel carburant est-il un succès, et pour qui ? L'État, les particuliers, l'environnement ? Serge Zeller dit : « Telle une bouffée d'air pur, l'hydrogène devient l'essence de la nature et le moteur de notre futur. »

Les minutes défilent, mais maintenant la roue tourne. Avançons, roulons. Dans le sens de la vie, évidemment. Les roues, tiens, j'y songe, il faudra que je vérifie la pression des pneus.

À propos, dans quel sens ça marche ?... Pas le véhicule, pas les roues. Je veux dire, dans quel sens lire cette affirmation, « La joie est l'essence du succès » ? Parce qu'on pourrait aussi bien dire que le succès est l'essence de la joie. Ou bien que le sens de la joie est dans le succès. En fin de compte, ça fonctionne dans tous les sens. Tiens, et puis encore, que la joie et le succès font sens pour tout être humain normalement constitué prenant de l'essence à la pompe, essence qui lui permettra de retrouver son amoureux et d'aller assister à une belle conférence.

Au fait, qu'est-ce qu'elle a dit, Sophie ?

Textes sonores, musicaux, scéniques

Avant-Propos

Les textes qui suivent peuvent présenter un intérêt particulier pour la lecture à voix haute ou la lecture théâtrale, de par l'importance qu'ils réservent au son et à la musique, et/ou au jeu. Certains ont dès le départ été pensés pour la scène, d'autres non.

Les indications qui sont parfois données correspondent à ce qu'a imaginé l'auteure en termes d'interprétation, mais ne sont ni exclusives ni figées, et n'ont pas non plus de caractère d'obligation. D'autres dispositifs et interprétations sont susceptibles de se révéler pertinents.

Par ailleurs, certains de ces textes (et éventuellement d'autres dans le livre) peuvent, parallèlement à leur forme aboutie, être envisagés comme des formes ouvertes[2], à savoir des « réservoirs de propositions » pour le jeu sonore et théâtral. Aux lecteurs alors de créer de nouvelles formes à partir des éléments proposés.

Lecture à voix haute ou lecture théâtrale ?

Les deux termes sont facilement employés l'un pour l'autre, sans que cela porte forcément à conséquence. Tant qu'on s'inscrit dans le cadre d'une lecture, la frontière reste souvent mince. Toutefois, une distinction en principe existe. Une lecture à voix haute demeure statique et scéniquement sobre, tandis qu'une lecture théâtrale pourra

---

[2] En musique, la forme ouverte (ou œuvre ouverte, ou forme mobile…) est un courant de la musique aléatoire apparue dans la seconde partie du XXe siècle, dans lequel le compositeur laisse au hasard et/ou au choix des interprètes le soin de fixer une partie de l'œuvre. Tout n'est donc pas déterminé à l'avance. Les interprètes acquièrent une liberté en même temps que la responsabilité de certains choix, qui peuvent concerner le vocabulaire artistique, la forme, le déploiement des séquences ou leurs interactions, etc.

intégrer des éléments propres à la scène : déplacements, interactions particulières entre les interprètes, éléments de décor, etc. Une autre différence s'inscrit dans le type de relation établie avec le public. Un lecteur à voix haute, tout comme un conteur, regarde ses interlocuteurs, s'adresse directement à eux, ce qui n'est pas forcément le cas en lecture théâtrale. Pour la majorité des textes qui suivent, le caractère de l'interprétation n'est pas fixé, ou simplement pas donné. C'est la manière dont ils seront saisis par les lecteurs qui mettra le curseur plutôt d'un côté ou plutôt de l'autre.

L’auteur.e

Pour la lecture à voix haute

Les espaces, ou « blancs » dans le texte, entre les mots et entre les lignes, représentent approximativement la durée des silences. Dès lors, un passage sans aucun blanc ni aucune ponctuation est en principe dit en continu.

Trois ponctuations/intonations pourront être différenciées : le point, la virgule, et l’absence de ponctuation suivie d’un silence (rester sur la même « note »).

*

Trouve   Pas   Pas
Pas les mots.

Les mots dans la page la feuille le livre les mots qui ne se ramassent pas   pas les mots.   Carnet tout rempli pourtant tout un tas de carnets de mots pleins pourtant.

Ielle n’a pas les mots.

Pas   Pas
À livre ouvert, pas à pas, pour le dire pas les mots.

Les fibres se tissent et les feuilles entre elles, avec du gazon du blé des graines et de la boue de mots   pas les mots qui s’entrelâchent dans la page

Maudits   mots   dits.

Adressés, lancés, jetés à la figure   de style   et trois mots de suspension

VIRGULE

Ielle a dit tous les mots, tous ses mots dans le carnet, qui ne tisse pas et les mots tombent ne se ramassent pas   tombent, tombent les mots.   Trouve pas.

Les mots dans la gorge, les mots,   mots,   maux dans la gorge.

Ielle va finir par avaler le papier.

Pied de nez au papier, au carnet, pas !   Pied ! Pied de nez à l'ouvrage, au livre, au cahier   d'écolier   ou pas

VIRGULE

*

On dirait, on dirait que,
On dirait que dans le chapeau les mots c'est rigolo
S'enfilent les petites perles   les jolies perles

On dirait que le magicien, on dirait que les mots comme le lapin
Surgissent du fond noir, ô merveille les mots ont des oreilles
Il y en a cent et mille
S'accrochent se rabibochent, ô miracle s'entendent
Enfin. Ils ont des bouches aussi.

Ils se glissent dans la page, nichent, chuchotent et scandent.

Tout haut les mots.   L’auteur. e les dit les lit   les crie
Remet sa peur dans le chapeau   tout bas les maux

Pas.   Un pas.   Pas.   Un pas et puis un autre.
Un pas, un mot,   deux pas, quatre mots,   dix pas vingt mots,

La colonne est en place maintenant.

Sauter courir et jouer à saute-mouton dans le carnet   défiler coincer sauver faufiler   Coudre et en découdre ?   Mais non !

Les mots vont de l’avant trouvé les mots les mots dans la page la feuille le livre, les mots qui se tissent s’entrelacent et crissent dans l’air de rien

POINT.

Je m'souviens de rin

Je m'souviens de rin ! Ma tête est toute cabossée. Je m'souviens même pas d'l'accident. Paraît qu'j'ai voltigé à douze mètres de la bagnole qui m'est rentrée d'dans. Mais je m'souviens de rin.

C'était quoi d'abord comme bagnole ? Et moi, qu'est-ce que j'foutais là ? Z'ont dit que j'sortais du p'tit bar où qu'j'aime bien aller boire mon jus tous les matins. Mais j'sais pas moi ! J'le connais pas c'bar !

DITES DONC, ARRÊTEZ D'ME POUSSER QUOI !

Je m'souviens de rin. Tout m'est sorti par les oreilles, ou par les trous de nez j'sais pas bien… Tin ! Paraît qu'j'avais l'nez tout raplati… MAIS ARRÊTEZ D'ME SECOUER ! QU'EST-CE QUE VOUS VOULEZ ?

Quoi, que j'vous dise quoi ? Ah, mais je m'souviens de rin moi ! Foutez-moi la paix la blouse blanche, arrêtez d'm'emmerder nom de d'là !

Oooh… Je m'souviens de rin. Paraît qu'j'étais tout en sang, partout sur la figure. Et qu'ma figure elle était toute plate…

Au fait, MON NEZ ?...

MON NEZ ! MON NEZ ! Eh, qu'est-ce qu'il a fait d'mon nez l'docteur ?

Au voleur ! Au voleur ! Am'nez-moi l'docteur ! Pasque moi j'avais un nez ! Ah, ça j'en suis sûr, j'avais un nez j'vous dis ! Même qu'i paraît qu'c'était un nez aquilin !

C'est c'qu'i disaient, les autres, au p'tit bar : Eh, toi Jojo, t'a un nez aquilin. I rigolaient comme pour s'foutre de ma gueule, mais quand même, j'voyais bien qu'ça les épatait.

Ouais, parfaitement, ça vous en bouche un coin, hein ! J'avais un nez aquilin. Ça, j'm'en souviens bien !

L'entretien d'embauche

Scène de théâtre.

Deux recruteurs assis à une table. Une porte s'ouvre, entre une candidate.

CANDIDATE : Bonjour. Je me présente : Moitou Élodie. Je viens pour le poste de réactiveuse de dynamique en synergie participative.

RECRUTEUR A : Ah, bonjour Madame. Nous vous attendions. Entrez, entrez, je vous en prie, approchez. Je suis Madame 145. E, et voici mon collègue Monsieur 327.C.

RECRUTEUR B, *regardant* **RECRUTEUR A** *:* On sait comment la vie commence, se développe, mais après ?

RA : C'est ce que notre candidate Élodie Moitou va nous expliquer.

C : Moi, quand j'ai entendu l'annonce à la radio, la semaine dernière, je la regardais la radio, justement.

RA : Comment donc, vous voulez dire la télé ?

C : Non, la radio je vous dis. J'avais attrapé un tabouret et m'étais assise devant. Et j'avais mis mes lunettes. Alors je vous demande : à quoi ça rimait de balancer sur les ondes ce qui s'entend, et pas ce qui se voit ?

RA : Le schéma organisationnel collégial de notre entreprise ne nous le permettait pas, Madame.

RB : Quel minable salaud a voulu qu'il en soit ainsi !

RA : Voyez-vous, ici nous traitons l'espace à travers la géométrie oculaire fractale d'Euclide. C'est ainsi que nous ne voyons pas les interstices ondulatoires. Or, comme vous le savez, la radio fonctionne avec des ondes. Mais je constate, Madame, que cela ne vous a pas empêchée de candidater au poste. Au poste de radio. Ah ! ah ! ah !
Les deux recruteurs s'esclaffent.

CANDIDATE *:* Bon, revenons au poste, justement. La vérité, vous voulez que je vous la dise ? *Les recruteurs se taisent brusquement.* La synergie participative, ça rend les salariés malades.

RB : Pourquoi, si on aime ce qu'on fait, est-on malade ?

C : Mais à cause de l'espace ondulatoire, évidemment !

RB : Vous évoquez… les méridiens ? Les ondes fractales ? Ce serait elles qui seraient responsables des burn-out ?

La candidate hoche la tête doucement.

RA : Mais pas du tout ! Personnellement, j'envoie tous les jours des courriels dynamiquement réactivés. Avec notre serveur fractal, cela ne pose aucun problème.

C : Alors comme ça, tout baigne ! Il n'y a plus de place pour la critique ! Allez les ondes, circulez ! Allez les méridiens, alignez-vous !

RA : Voyons Madame, il faut bien tirer des conclusions de ce que l'on observe. Entrez des objets dans notre serveur fractal et vous verrez bien ce qu'il en ressortira. Tiens, le camembert de Normandie par exemple, comment croyez-vous qu'on l'obtient, le bon camembert de Normandie « moulé à la louche » ?

RB : Et le chien, tenez ! Oui, le chien, animal psychologiquement très perfectionné et capable de synergie, a-t-il la notion du beau ? Hein ! Le chien a-t-il la notion du beau ? Le petit toutou Madame, ou le gros Saint-Bernard ou le méchant pitbull, rrrr ! Intéressante question que celle de la conscience de l'esthétique chez le chien, hein ! Car le beau est fractal, tandis que le camembert, non ! Hein ! Hein ! *Il s'étouffe à moitié.* Rrrr, rrr ! Rrrr !

RA, *semblant inquiet pour son collègue* : Nous ne vous apprenons sans doute rien, Madame. Vous avez lu les études que nous avons publiées dans le monde entier, n'est-ce pas ?

CANDIDATE : Quel effet cela vous fait-il d'être le centre de l'Europe ? Vous êtes content ? *Les imitant :* Hein, hein !

RA : Allons, allons, ne vous fâchez pas. Mais pour répondre à votre question, être le centre de l'Europe nous permet, mais aussi nous engage, à mieux dynamiser les ondes de nos équipes. Au fait, que nous proposez-vous, vous avez peut-être une idée ?

C : Peut-être un tournoi de golf ?

RB : Excellent ! Un tournoi se déroule tout justement selon les lois de la géométrie fractale. Bravo ! Et je vois que vous n'avez pas oublié les objectifs d'énergie participative que nous poursuivons dans notre boîte ! Je sens que vous allez nous rendre de fameux services ! *Se tournant vers son collègue.* Quelle recrue !

Considérant l'entretien terminé, les recruteurs se lèvent tout en applaudissant.

RA : À propos, vous êtes venue comment ?

C : En Audi. J'ai une petite Audi rouge. Très bien, vivante, tendre et confortable. D'ailleurs, c'est ce que je vais vous suggérer en démarrant mon contrat.

RA et **RB :** Quoi donc ?

C : Eh bien, un audit bien sûr.

Sinutra montel

Pour la lecture à voix haute

L'idée de ce texte est de se tenir à la frontière du théâtre et de la musique : l'auditeur comprend certaines choses, mais pas tout, ou il croit comprendre et aussitôt quelques propos inscrits seulement dans un jeu de sonorités ou de rythme le déroutent…

En fonction de l'interprétation, *Sinutra montel* apparaîtra plutôt comme une pièce sonore ou plutôt comme une petite scène de théâtre. L'interprétation indiquée par les didascalies est une simple suggestion. Le texte a été pensé pour un seul lecteur, mais cela n'est pas exclusif.

Plus que d'autres encore, ce texte peut être envisagé à la manière d'une forme ouverte. Ainsi le lecteur a-t-il tout loisir de répéter certains propos, d'en chanter d'autres, de revenir en arrière, etc.

*

Sinutra montel
Atufa simontel ?
Nutra, Sifa, Tella, Safépou.
Articulé et insistant : Car-mi-ta-le-lo-da-tandan, tondin, donton.
Avec surprise et émotion : Donton… Hon ! Hon !
En crescendo, de pianissimo à fortissimo : Sinufa sinufa sinufa (x fois…) SI ! NU ! FA !

Question : A Tardi montel ?
Telle une réponse : Tardi, tardi… vo cho ! Aps ! Sitra !
Spaclose ditura vo lau, carmitalelodan.

Lodante, tendant. Aps.
Comme un moteur : Ataclim ataclim ataclim ataclim (x fois)
Chpouch !

Le personnage se présente à nouveau, se désignant : Sinutra montel.
Votre nom ? Moi c'est Atufa.
Non, non, c'est le nom d'untel
Ah ! Atufa Simontel.

Et pou, et pou, comment vous appelez-vous ?
Nutra, Sifa, Tella, Safépou.
Et toi, et toi ? Mitanda ? Tandan tondin ton nom ?
Carmita Leloda en attendant.
Dis donc dis donc ton nom c'est tentant c'est tendance.
Donton c'est pas bidon. Hon ! Hon !
Sinufascinant !

Et Tardi montel ?
Tardi, tardi, ça me dit. Me suffit. Tarditel un attardé.
Vo ! Cho !

Mi-close ligota vau-l'eau, et marmita l'eau dedans.

Mets la clim mets la clim mets la clim mets la clim
Eh ! Pouch-toi !

La fuite du gouvernement

Chanson

Sur l'air de « Clémence en vacances » d'Anne Sylvestre.
Syllabe soulignée : deux notes pour une syllabe.
Second vers de chaque couplet : + ou – une note au milieu selon le nombre de syllabes.

1. On l'a dit à Guinevère, Guinevèr' à son voisin
Son voisin à Charles-Pierre, Charles-Pierr' à son gamin
Son gamin qui tête folle n'a rien eu de plus urgent
Que de le dir' à l'école à son copain Jean-Gontrand

Refrain
Le gouvernement a pris des vacances
Les ministr's ne font plus rien
Quant au président il est en partance
Pour se cacher loin

2. La nouvell' s'est répandue, tout le mond' ne l'a pas crue
Mais il a pourtant fallu admettre ce fait incongru
Et quand la présentatrice du journal télévisé
A dit : c'est la vérité, on s'est beaucoup étonné

3. C'est vraiment épouvantable, pleurèr'nt certains citoyens
C'président est lamentable, maint'nant nous somm's orphelins
Mais d'autres se réjouirent de ce tout nouveau destin
Voilà un fameux av'nir, on va se donner la main

4. Puisque le roi s'est enfui avec tous ses compagnons
Il est temps de donner vie à nos idées d'autogestion
Cessez de vous inquiéter et de vous désespérer
Il faut chanter et danser, vivre notre liberté

5. Puis on a eu des nouvelles de toute la ribambell'
Qui a dit se trouver bien dans un beau pays lointain
Adieu tracas et tourments, adieu cris's et parlement
La capital' n'est pour nous qu'un souv'nir de mauvais goût

6. Les citoyens dépités, mécontents d'leurs dirigeants
Ont rapidement songé aux grands bâtiments vacants
Ce serait quand-mêm' dommage dans des lieux si séduisants
Aux multiples avantages qu'il n'y ait plus d'résidents

7. Chambres d'hôt's à Matignon, tent's et tipis dans le parc
L'Élysée et ses salons feront des logis de marque
Camping et log'ments en dur pour une grand' villégiatur'
À la bell' architecture toute remplie de dorur's

Dernier refrain
Prenons Matignon et ses trois hectares
Et l'palais de l'Élysée
Investissons-les dar'– dar' en fanfare
On va s'amuser

Poèmes

Je veux jouer de la lisière

Ils ont dit : De quoi tu veux jouer ? De la harpe ou du saxophone ?
J'ai répondu : Moi, je veux jouer de la lisière.

À l'école de musique on m'a mise dans la verrière
Avec les pianocelles et les viobonnes
Parmi les lierres qui couraient et les pics-verts qui faisaient un sacré raffut.

Nous avons appris, étudié, répété, puis nous avons formé un orchestre.
C'était difficile. Il fallait tenir les notes, les empêcher de s'échapper à droite ou à gauche. On était sur le fil.
Fugue, thème et variation, à la frontière du son la musique était à découvert.

J'ai passé la main sur chaque accord, posé un pied dans l'harmonie légère et l'autre dans la masse compacte des clusters.

La musique est sortie de sa tanière, s'est envolée loin de la lisière.
Alors j'ai pris mon harpophone sous le bras et je l'ai suivie.

L’homme aux deux cœurs

Lovés serrés
Frontières effacées
À l’heure claire bientôt,
nos corps vagues
assouplis assoupis
voguent

Qui bat là tout à coup ?
Doux sursaut qui m’apprend ton matin
À l’orée de l’éveil
s’emmêlent mes images
C’est ton cœur mon amour
Son tempo creuse l’espace alentour

Nos peaux à nouveau doubles
en contrepoint amoureux
Deux corps se dessinent
attendris et amis
Chaud mon ventre tout contre
un cœur bat dans un nid

À l’heure claire maintenant
Je révise mes images
entrevois tes contours
reconstruis ta présence
Ma pensée chemine le long de toi
d’un cœur à l’autre

Alors s’inscrit sur mon visage
Un sourire
Quoi de mieux
pour mon être amoureux
qu’un homme aux deux cœurs ?

La boucle du O de l'océan

Je m'en allais les poings dans mes poches crevées
Mon alphabet aussi devenait idéal…
Sur le grand A de l'Atlantique,
Je jetai mes bras et rentrai dans l'O.

Marche interminable
Déroulée de pied en pied
Cet O n'a-t-il pas de boucle ?
Hélas il n'est que lisse.

En boule dans le rond – tout rond
Circuit aquatique
Je brasse, crache, récite,
Le A, le O et puis les autres

Celles qui volent
Celles qui surnagent
Le U de la libellule
Le I aussi, celui de l'île
Celles qui filent ou qui s'ouvrent

Voyelle prison, voyelle extraction

Sortie à califourchon
Sauvée des eaux, sauvée du O[3]

[3] L'écriture fait parfois survenir des images et des souvenirs disparates. Trois éléments se sont ainsi entremêlés dans ce texte : deux poèmes de Rimbaud, *Ma Bohème* et *Voyelles*, et la couverture d'une BD de l'auteur Fred, issue de la série des *Philémon*. On y voit la lettre A dessinée en grand, qui représente le A de l'Atlantique. Dans cette série, Philémon se retrouve mêlé à des aventures inattendues, emporté dans le monde onirique des lettres de l'océan Atlantique.

Aller sous terre

Venir demain
Gratter la terre jusqu'au sang
Les ongles meubles
Sur le devant

S'enfouir se recouvrir
Sombre est la nuit venue dessous
Dans l'antre le corps a rétréci
Petit pantin devenu

De l'au-dehors ne plus rien voir
Creuser vider s'agoniser

Danse du talus, je suis le fou
Au travers de l'étroit couloir
Pieds en dedans
À l'envers la tête et les mains

Membres accrochés au corps
Toujours par deux
Dans l'entraille, serré, rampant
Par le chas de l'aiguille

Labeur du trou qui file
Des cailloux entre les doigts

Des pieds, pourquoi en voudrais-je ?

Si tu voles au-dessus des buissons
Au-delà des cimes, jusqu'au ciel et plus loin encore
Écoutant la vitesse qui traverse ton corps
Déplie tes ailes et avance, mais attention au mur du son

Mes ailes sont dans mes mains
Mes ailes sont dans mon cœur
Mes ailes sont dans ma tête
Sont-elles aussi dans mes pieds ?

Des mains pour construire, fabriquer, caresser
Un cœur pour s'émouvoir et pour aimer
Une tête pour penser imaginer inventer
Je ne sais où me mènent mes pieds

Si tu voles au-dessus des bruits-son
Au-delà du sommet des montagnes
Plus vite, plus vite les planètes et les étoiles gagneras
Détends tes ailes et file, mais attention au mur du son

Mes ailes sont dans mes doigts qui s'agitent
Mes ailes sont dans mon sang qui coule et qui bat
Mes ailes sont dans mon cerveau qui pense, rêve, croise et décroise
Mes ailes sont dans mes émois mes projets mon énergie mes idées mes sensations mes désirs et puis et puis et puis… ?

Des pieds, pourquoi en voudrais-je si j'ai des ailes pour voler[4] ?

---

[4] Phrase de Frida Kahlo qui m'a inspiré ce texte.

Ma maison sur l'île

Entre terre et mer
Du bout du monde je fais le tour
Ma peau plisse, ondule et glisse
Le long des rouleaux profonds
Je construis des piles
Des piles de peau – Viendras-tu plier les draps avec moi ?
Drap-peaux mal rangés mal tournés pas carrés
Bordures en vrac

Entre ressac et marées
Je mettrai mes pas dans ceux de la grève liquide
Débarquerai sur l'île
Mon île. Ce sera pour construire une maison
Vois ! Une grande baraque très haute avec des tas d'étages et des escaliers en tortillon. Un couloir autour, large de quelques pieds, à l'ombre du sable gris doré dans le grenat des algues.

Une croûte légère de briques demeurera en suspension

« On ne prend pas une argile différente pour faire des bols ou des vases ! » a dit le potier. Et des toits ? Et des étages, des balcons ou des terrasses ?

Entre terre rouge et argile noire
Entre argile rouge et mer bleue, ou verte ou grise

De la terre je fais le tour
Voyage du sang et de la fin[5].

Et je rejoins, en peau de guenille, en peau de reptile, le bout, le bout du bout, l'extrême pointe

Mon île perdue émerge franchit dépasse surnage vrombit

Terre en vrac, terre en sable en poussière en grains, terre réfractaire
Finistère[6].

[5] Évocation du dicton breton : « Qui voit Ouessant voit son sang, qui voit Sein voit sa fin. »
[6] Finistère signifie « la fin de la terre ».

Quand tu m'expires enfin

Quand tu m'expires enfin
Le vent traverse mes paupières
Prendre le mal, le bien ou les épines
Du vase les fleurs s'enfuient dans l'au-delà du pré
Je les suis
Corps-puscule balancé au soleil

Quand tu m'expires enfin
Quatre à quatre je remonte l'escalier, glisse les marches
Coince ma tête dans l'encadrement de la fenêtre
Qui rétrécit. Tout au long du cou j'élastique en vain
Le soleil aveugle l'avenir

Quand tu m'expires enfin
Se redresser, jeter les épaules en arrière, empiler les vertèbres une à une
Revenir, entrer coûte que coûte, jeter les bras, chercher les tiens
J'en ai mangé des fleurs du mal
Des fleurs cuites et des épines
Qui jouaient à saute-mouton dans la terre acide

Quand tu m'expires enfin
Main dans la main, tenue, lâchée, retenue, repoussée
Paume disparue dans l'empreinte de tes traces
Je poserai mes pas après toi
Et mettrai le soleil à bouillir dans la marmite

Quand tu m’expires enfin
Le désir traverse la paupière
L’envelopper, le déposer dans du papier mâché

Une journée ordinaire

Nouvelle

1

LE TÉLÉGRAMME – Lundi 15 avril 2019

La triste histoire d'une terrible vengeance

La jeune femme qui a sauvagement tué son ex-patron et son ancienne cheffe de service samedi à Louzèvre-sur-mer aurait agi par rancœur, ne supportant pas d'avoir été licenciée pour faute (voir notre édition de dimanche). Elle se serait considérée victime d'une « lourde injustice » et la ressassait probablement depuis l'annonce de son exclusion le 20 mars, avant de passer à l'acte trois semaines plus tard dans des conditions effroyables.

Découvertes macabres le 13 avril

Lorsque Mariette Varnot, vingt-neuf ans, maroquinière, a été arrêtée samedi après son second assassinat, elle se trouvait dans sa voiture, hébétée et comme tétanisée, à quelque cinquante mètres du lieu du crime. Elle avait des difficultés à se mouvoir et ne parlait pas, mais d'après Daniel Potras, le procureur de Mourigny, elle n'a opposé aucune résistance pour se laisser emmener par la gendarmerie. Elle avouait ensuite rapidement son double crime, cependant par de simples hochements de tête.

La jeune femme venait de tuer à l'arme blanche son ancienne cheffe de service, Aude Lormonge, responsable de l'atelier d'assemblage (piquage et montage des pièces de cuir) dans l'entreprise Dugoin située en périphérie de Louzèvre-sur-mer. Le macabre événement s'est déroulé sous les yeux des enfants d'Aude Lormonge, deux garçons de neuf et six ans. Ils erraient rue Auguste-Piallard, à proximité de leur domicile, lorsqu'un passant les a vus et a donné l'alerte. Ils ont été immédiatement pris en charge par le service psychiatrique de Mourigny. C'est avec un simple couteau de cuisine que Mariette Varnot a commis son crime, frappant auparavant sa victime à l'aide d'un marteau pour l'assommer.

Une heure et demie plus tôt, soit vers neuf heures trente, elle tuait de la même façon son ex-patron, dans les locaux de la maroquinerie. Roland Dugoin vivant seul et ayant peu de contacts en dehors de son travail, son corps aurait pu n'être trouvé que ce lundi lors de l'embauche des employés. C'est la découverte du second cadavre qui a conduit les gendarmes à soupçonner un mobile criminel d'ordre professionnel, et à se rendre au domicile du directeur puis à son entreprise.

D'après une source judiciaire, Mariette Varnot n'aurait pris quasiment aucune précaution pour agir, signant pratiquement ses actes.

Un drame imprévisible

L'employée avait été embauchée en octobre 2009 à la maroquinerie Dugoin, qui travaille pour une grande marque de sacs et accessoires en cuir et expédie à travers le monde entier. Selon ses collègues d'atelier, Mariette Varnot aimait beaucoup son métier et donnait entière satisfaction jusqu'à une période récente. C'est à partir de janvier que les choses se seraient dégradées : « Elle avait des comportements bizarres et se désintéressait de son travail, ce qui ne lui était jamais arrivé. » La jeune femme aurait multiplié les erreurs sur son poste, attisant le mécontentement de ses supérieurs. « Elle était dans l'aigreur et ne semblait pas se rendre compte de la gravité de la situation. Elle en voulait particulièrement à la cheffe de service, qui rapportait toujours tout au patron. » Les premiers éléments d'enquête s'orientent vers une rupture amoureuse qui aurait profondément ébranlé la jeune femme.

« Une fille volontaire, active et très indépendante », indiquent d'autres salariés, qui parlent aussi de Mariette Varnot comme d'une personne sociable et sympathique, quoiqu'un un peu rebelle.

« Une habitante sans histoires et impliquée dans les affaires de la commune », témoigne la maire Marie-Sylvie Lemastre, abasourdie. « Elle aidait dans l'association de loisirs et s'intéressait au conseil municipal. »

Personne ne comprend comment Mariette Varnot a pu basculer dans l'extrême violence. Un drame totalement imprévisible pour le personnel de la maroquinerie Dugoin comme pour les Louzèvrois, très choqués par l'événement.

Samedi soir, l'audition de la jeune femme se prolongeait. Une information judiciaire pour double assassinat va être ouverte par le parquet de Mourigny. Actuellement en garde à vue dans les locaux de la gendarmerie de Louzèvre-sur-mer, Mariette Varnot laisse deux petites filles de cinq et trois ans, qui ont été confiées à leur père, dont elle était divorcée.

2

Elle sut dès son réveil, survenu plus tôt que d'habitude, à six heures du matin, que ce serait pour ce samedi. Une curieuse légèreté flottait à travers sa chambre, réconfortante, presque tendre. Son esprit semblait libéré de toute entrave tandis qu'une grande force envahissait son corps. Elle se trouvait tout à coup avide, impatiente, et sûre d'elle. C'était comme si un vent inconnu, libérateur et déterminé, l'avait traversée pendant la nuit, la lavant et l'allégeant, emportant avec lui toutes les poussières, tous les débris, tous les décombres qui la hantaient. Elle accueillit ce souffle inédit avec bonheur et s'y soumit immédiatement.

Elle se leva, prit une douche tiède qui acheva de la vivifier, mangea avec appétit. Elle fourra dans un petit sac à dos le plus grand de ses couteaux de cuisine, un cutter, une cordelette, un tournevis et plusieurs embouts, plats et cruciformes, une série de tendeurs reliés en étoile qui servaient à fixer le matériel de camping sur le toit de sa voiture lorsqu'elle partait en vacances avec ses enfants. Tandis qu'elle allait d'un endroit à l'autre de la maison, elle s'arrêtait pour ranger quelques jouets, plier des vêtements dans une armoire. Des gestes accomplis machinalement, sans y penser. Ses mains allaient seules, tandis que son cerveau courait silencieusement sur un autre chemin, s'emballant dans le pays venteux qui l'aspirait, se réjouissant d'assembler enfin les pièces jusqu'ici demeurées éparses d'un puzzle qui la hantait. Ainsi le projet se précisait-il peu à peu, cristallin, aigu, fou enfin.

Elle songea qu'il faudrait d'abord mettre ses victimes hors d'état d'agir. Elle fouilla dans son coffre à outils, saisit un gros marteau qu'elle ajouta dans le sac. Un soupir de soulagement lui vint. Elle sourit à l'heureuse idée qui venait tardivement de la traverser.

Si elle ne savait pas encore exactement comment elle procéderait, notamment pour sa cheffe de service, et qu'elle s'interrogeait sur les éventuels écueils qui pourraient venir déranger son dessein, elle visualisait sans mal le parcours et les actes successifs à accomplir. Tout s'était mis en place dans son esprit lorsqu'elle avait commencé à prendre son petit déjeuner quelque quarante minutes plus tôt, sans effort, comme naturellement. Elle commencerait par son patron, ce salaud qui l'avait licenciée. Pour faute, de surcroît. L'entretien par lequel il lui avait appris la nouvelle lui revenait par vagues. « Vous manquez de concentration, vous bavardez, et depuis quelque temps, vous faites des erreurs grossières. On a dû reprendre plusieurs de vos coutures et jeter des pièces mal encollées. Vous me décevez, Varnot. Et vous desservez l'entreprise. » Bref, le patron déclarait qu'elle ne faisait plus l'affaire, et il la lourdait. Après dix années passées dans la boîte ! Une entreprise dans laquelle elle était reconnue comme l'une des meilleures ouvrières ! La jeune femme frémit de colère et de rancune. Il l'avait même dispensée de préavis.

Sa vie avait ainsi changé du jour au lendemain. Le premier matin de son congé forcé, alors qu'elle n'avait plus le droit de se rendre au travail, elle avait parcouru dix fois la petite route qui menait de sa maison à l'entreprise, s'immobilisant devant cette dernière de longues minutes avant de faire demi-tour, la tête en feu.

Un samedi, il y avait toutes les chances que le patron soit seul à travailler dans les locaux. Une habitude qu'elle lui avait toujours connue. Elle regarda l'heure : sept heures vingt. C'était trop tôt. Il fallait attendre huit heures et demie au moins.

Elle s'assit dans la pièce de vie qui faisait à la fois office de cuisine, de salon et d'atelier, et qu'elle appelait simplement « la grande pièce », s'adossa et allongea les jambes. Ses yeux se posèrent dans le recoin où était installée une table de bois épaisse et solide. Derrière, de hautes étagères couvraient deux murs. Elles étaient remplies de caisses et de boîtes pleines de toutes sortes de choses. C'est ici qu'elle bricolait, dessinait, cousait, et surtout s'adonnait à son loisir préféré : réaliser des tableaux et des petites constructions à partir d'éléments naturels. Son regard descendit le long d'un pied de la table, se posa sur la sacoche qui contenait du matériel pour ses sorties dans la nature, et qui semblait l'attendre. Papier calque, crayon, plaques cartonnées, chiffon, petite pelle et balayette, appareil photo.

Elle se releva vivement, attrapa la sacoche et ses clés de voiture.

3

Mariette roule sur la départementale qui mène à la forêt des Parmiges, à une dizaine de kilomètres de Louzèvre-sur-mer. L'autoradio diffuse une chanson qu'elle essaie de fredonner. Après quelques secondes, elle s'agace, appuie brutalement sur le bouton d'arrêt, ouvre la fenêtre et respire l'air chargé d'odeurs de campagne. Elle frissonne. Il fait encore frais en ce matin d'avril.

Bientôt la zone boisée apparaît, baignant dans une légère brume ensoleillée.

La jeune femme se gare à proximité de la forêt et commence à marcher. À peine voit-elle les arbres et le ciel tant elle est concentrée, penchée en avant pour examiner le sol, dans l'espoir d'y repérer des empreintes d'animaux. Lorsqu'elle en trouve d'intéressantes, elle les relève à l'aide de papier calque et d'un crayon, prend aussi quelques photos. Rentrée chez elle, Mariette reporte les empreintes sur de grandes feuilles de papier épais, en les assemblant de manière à créer des formes étranges. C'est sa passion du moment : prélever des empreintes d'animaux dans les bois et les reproduire, s'en inspirer pour inventer de nouvelles représentations de la nature. Ensuite, Mariette met ses dessins en couleur avec des encres, encolle des parties du papier et applique du sable, de la sciure de bois, des algues séchées et pilées. « Mais pas de cuir, ça, c'est pour le boulot », a-t-elle décidé. Elle imprime certaines photographies, les fixe sur deux panneaux de bois cloués de part et d'autre d'un tréteau, inscrit sous chacune d'elle le nom de l'animal lorsqu'elle a pu l'identifier. Ses plus beaux trésors sont des empreintes de chevreuils, de sangliers et de martres. Elle en cherche à présent de renards. « Y a-t-il des renards dans ces bois ? » se demande-t-elle.

Un chemin, encore un autre. De temps en temps, la jeune femme quitte le sentier pour s'enfoncer dans la forêt, revient, réitère plus loin. Parfois, un feuillage bouge et bruisse, c'est un petit animal qui s'enfuit, effrayé par la présence humaine. Il s'agit souvent d'un campagnol.

Tandis qu'elle avance, Mariette cueille des feuilles printanières encore tendres, coupe quelques branchettes récentes sur un sapin, d'un vert presque fluo, pour les donner à sa fille aînée qui adore « jouer aux escargots », comme elle dit. L'enfant fabrique pour les petites bêtes des labyrinthes à l'aide de terre et de cailloux, dispose à leur intention des assiettes de dînette remplies d'éléments végétaux, auxquels bien sûr les escargots ne touchent jamais. Ils se refusent également à suivre les couloirs que la fillette a organisés au sol. « Quelle importance, se dit Mariette. Elle est heureuse, c'est l'essentiel. » La jeune femme ramasse aussi des écorces et de la mousse, qu'elle ramènera à sa plus petite. Des cadeaux de la forêt auxquels ses filles prêteront ou non attention, qu'elles oublieront peut-être rapidement. Ce n'est pas grave non plus. En ce début de matinée, ses enfants accompagnent Mariette en pensée, ses petites si vivantes et si gaies, et cela suffit. Elles seront probablement fatiguées en fin d'après-midi lorsqu'elle ira les chercher chez leur père, préféreront jouer dans la maison, ou se lover contre elle dans le canapé pour leurs câlins de retrouvailles.

Mariette trouve des empreintes d'animaux, mais peu marquées. Il a beaucoup plu, les seules qui soient encore visibles sont à moitié effacées, trop boueuses pour être relevées. Sur un chemin terreux, de grosses traces de pneus provenant de plusieurs engins – sûrement des motos tout-terrain, estime la jeune femme – forment une sorte de treillage dans le sol. La lumière oblique du matin, entrecoupée par les feuillages des grands arbres, vient créer toutes sortes d'ombres sur la terre creusée de sillons profonds. Des marrons proches du noir s'opposent à d'autres très clairs, presque blancs dans la lumière, tandis qu'un camaïeu de grèges adoucit l'ensemble. Mariette fait une série de photos. Observant les images réduites sur l'écran de l'appareil, elle songe tout à coup à des tableaux qu'elle pourrait réaliser à partir de ces dessins de pneus. Elle est surprise : il ne lui est jamais venu à l'idée d'utiliser autre chose que ce que lui offre la nature. Les différentes nuances de marron lui font penser aux coloris de la gamme dite naturelle de la maroquinerie. « Finalement, pourquoi pas du cuir ? » se dit-elle.

L'entreprise… le patron… Un frisson vivifiant et allègre l'envahit. L'heure sur son téléphone : huit heures trente-cinq. Il est temps d'y aller.

Mariette regagne sa voiture, puis sa maison. Elle change de chaussures, prend un café rapidement. De longues secousses parcourent son corps. La vision chahutée, le souffle court, elle casse la tasse en la posant trop vite dans l'évier. Elle enfile son sac à dos, part à pied. C'est à dix minutes de chez elle.

4

Affaire Varnot

Extérieurs Entreprise Dugoin/Observation 13.04.2019 (J.1)

Rapport adjudant M.P. 016

L'entreprise se situe sur la commune de Louzèvre-sur-mer, en bordure de la route communale 168, rue des tisseurs. Elle a été construite au centre d'une parcelle rectangulaire, en deux parties de taille très inégales : un grand bâtiment d'environ 200 m^2 sur deux niveaux, nommé « l'atelier », et, accolées à sa gauche, côté ouest, trois pièces en enfilade, destinées à l'administration de l'entreprise. L'atelier est divisé en plusieurs espaces eux-mêmes dénommés « ateliers » en fonction de leur activité spécifique : atelier de préparation, de découpe, etc. *(Détail intérieurs entreprise : cf. rapport C.M 23.)*

La première des trois pièces, visible de la rue donc à l'angle sud-ouest, est le bureau de la direction, là où le crime a été commis. C'est la seule partie de l'entreprise de construction récente. Les autres bâtiments sont délabrés, anciens et de plusieurs époques, et n'ont manifestement pas été entretenus. Le bureau est pourvu de deux fenêtres coulissantes sur chacun des deux murs extérieurs. Des stores de type vénitien les recouvrent. Lors de la perquisition, ils étaient réglés à l'horizontale, de telle sorte qu'il était facile, en s'approchant, d'apercevoir l'intérieur. Les deux autres pièces administratives, à l'arrière du bureau de la direction, sont en préfabriqué. Elles ont chacune une fenêtre, mais pas de porte ouvrant sur l'extérieur.

L'entrée officielle du bureau de la direction est en façade. Une seconde ouverture, à l'intérieur du bâtiment, sépare ce bureau de la partie artisanale de l'entreprise. Il s'agit d'une porte battante, avec une grille accordéon munie d'une serrure.

Une grande ouverture coulissante, également en façade, permet d'entrer une camionnette dans l'atelier et de décharger à l'abri, à proximité immédiate des différents espaces artisanaux. À gauche de cette ouverture se trouve une petite porte métallique. Sur le côté est de l'entreprise, une double porte sert probablement d'entrée pour les employés.

Le terrain, quelconque comme les bâtiments, est plat. Il est bordé sur trois côtés par un grillage défraîchi, tordu par endroits, de plus ou moins 80 cm de hauteur et en partie caché par une haie peu compacte et des buissons. À gauche de la parcelle, un chemin communal sépare l'entreprise Dugoin d'une imprimerie. Au nord et à l'est se trouvent des maisons d'habitation.

Côté rue, un muret surmonté d'un haut grillage longe le terrain, interrompu au milieu par un portail métallique marron, de 2,20 mètres de hauteur. La peinture est écaillée en de nombreux endroits, laissant la rouille apparaître. Constitué de panneaux pleins surmontés de montants verticaux, ce portail offre différentes prises et peut facilement être escaladé. La serrure a manifestement subi un choc : elle est en partie enfoncée, de telle sorte qu'on peut se demander si elle fonctionne.

Le sol est un mélange de terre et de cailloux, à l'exception de deux zones où des graviers ont été répandus : entre le portail et la grande ouverture de l'atelier, et, le long du bâtiment, entre cette dernière et la double porte côté est. Toujours le long du bâtiment, mais à gauche de la grande ouverture, un cheminement de six dalles conduit à l'entrée du bureau de la direction.

Une aire de stationnement est aménagée sommairement sur la droite de la parcelle, délimitée par des plots de ciment et quelques arbres chétifs. Elle peut recevoir cinq ou six véhicules, mais sauf en cas de forte pluie, il est facile de stationner ailleurs.

5

Quand Mariette prit la rue des tisseurs, dans la zone artisanale, un mouvement d'exaspération la saisit en apercevant au loin les bâtiments familiers et désormais interdits. Elle se fit la réflexion qu'ils étaient laids. Murs décrépis, rafistolage d'une partie de l'atelier avec des plaques de tôle et d'OSB, saleté, gravats abandonnés. Le terrain n'offrait pas plus d'intérêt, avec ses quelques arbres maigrelets plantés près du parking. La jeune femme s'étonna. Tant qu'elle y travaillait, elle n'avait jamais prêté attention à l'état de délabrement de l'entreprise. Ainsi, son regard avait-il changé. Il s'ouvrait en outre sur un décor qui aujourd'hui lui semblait étrange, parce qu'à la fois familier et lointain. Cette curieuse impression la fit sursauter désagréablement. *Elle était véritablement dehors.*

Quelle cruelle ironie ! Un lieu qu'elle avait aimé, auquel elle s'était attachée, et qui était devenu au fil des années un second « chez soi » ! Elle y avait des camarades ainsi que de vrais amis, et bien sûr son travail, qu'elle portait en haute estime et qui ne la rebutait jamais. Participer à la fabrication de beaux objets, faits à la main et dont la qualité était reconnue partout dans le monde, était source d'une grande fierté. Et puis elle avait passé tellement de temps dans cette entreprise, derrière un établi ou un autre… Elle songea au jour où elle avait été embauchée, à la pure joie éprouvée. Neuf ans déjà, presque dix…

Le patron était un ringard, un type goguenard et méprisant, les commanditaires étaient souvent pénibles, ils avaient toujours quelque chose à réclamer, à exiger ou à reprocher, mais elle n'en avait cure : ses collègues avaient infiniment plus d'importance à ses yeux. Ô combien étaient précieuses l'ambiance sympathique et l'amitié qui s'étaient développées entre eux ! Ils sortaient ensemble, allaient au cinéma, faisaient des pique-niques ou des barbecues, des parties de bowling. Un petit groupe, dont elle faisait partie, s'était inscrit au club de water-polo de la piscine municipale. Elle se défoulait avec les autres dans des matchs aussi joyeux qu'épuisants. Entre collègues, ils se rendaient aussi des services, pour garder les enfants, aider à des travaux dans les logements ou sur les voitures. L'entreprise et les collègues, c'était son monde, son univers. Les employés se disaient souvent entre eux, en s'en félicitant : « Nous sommes une grande famille. » Et on voulait l'en extraire ! La priver de ce quotidien bienfaisant ! La jeter dehors, de plus pour des raisons ineptes ! Elle déglutit avec difficulté, grimaça, serra les poings à s'en faire mal.

En s'approchant, Mariette vit la serrure inutilisable du portail, enfoncée un jour par un camion qui avait manœuvré maladroitement lors d'une marche arrière. Elle aurait pu passer par ce portail, car la probabilité était faible que son patron lève la tête au même moment, mais c'était risqué. Inutile d'aller se mettre dans son champ de vision. Elle s'arrêta juste avant l'entreprise et emprunta le chemin communal qui la longeait sur la gauche. Elle guetta un moment derrière la haie, puis, rassurée, enjamba le grillage et rejoignit rapidement l'angle arrière du bâtiment.

La jeune femme longea le mur ouest jusqu'à la première fenêtre du bureau convoité. Les stores étaient positionnés à l'horizontale. Elle approcha prudemment la tête, regarda au travers de deux lamelles métalliques. Comme elle s'y attendait, le patron était assis à la table, face aux fenêtres donnant sur la rue, le nez plongé dans des papiers à côté de son ordinateur. Ainsi lui tournait-il pratiquement le dos. En quelques secondes, le plan de Mariette fut confirmé.

Elle recula le long du mur, contourna le bâtiment par l'arrière pour aller de l'autre côté. Parvenue devant l'entrée des employés, elle se fit plus prudente, posant les pieds précautionneusement sur les graviers qui crissaient. La fébrilité lui rendait la tâche difficile.

Mariette ôta son petit sac à dos, en sortit le marteau puis réenfila le sac par devant, positionna le couteau debout, le manche en haut, de façon à le saisir facilement. Il dépassait, c'était parfait. Elle referma le sac de façon à coincer l'arme tout en laissant un peu de jeu. Il ne lui restait plus qu'à prendre dans sa poche la petite clé de la porte de service de l'atelier, que personne n'avait pensé à lui réclamer. Elle ouvrit précautionneusement, pénétra enfin dans le bâtiment silencieux. Il n'y avait personne d'autre que Dugoin aujourd'hui, ce dont Mariette n'avait guère douté. De toute façon, seul son véhicule était garé sur le parking.

La porte battante qui ouvrait sur le bureau du patron était surmontée d'une pancarte indiquant « DIRECTION », à laquelle Mariette adressa un regard mauvais. L'idée lui vint aussitôt de dévisser la plaque, de la casser et la jeter à terre. Elle se rendit confusément compte que ce n'était pas le moment. Qu'importe, elle le ferait tout à l'heure, avant de quitter les lieux.

La grille amovible destinée à sécuriser la porte était repliée sur elle-même. Le contraire l'eut surprise : le patron avait besoin de circuler dans l'entreprise, notamment pour récupérer des documents laissés chaque vendredi soir par les chefs de service dans les différents ateliers. « Ton tour viendra bientôt », se dit Mariette en pensant à la sienne. Elle se tint quelques secondes immobile, le marteau à la main, visualisant la scène. Quand elle entrerait, l'homme qui devait disparaître se montrerait à nouveau de trois-quarts dos par rapport à elle, mais présentant son autre flan. Il serait à deux mètres à peine.

« Connard », murmura-t-elle avant de pousser la porte brutalement.

6

Je m'appelle Justine. Je travaille à l'entreprise Dugoin dans l'atelier de préparation, où j'ai connu Mariette avant qu'elle rejoigne celui d'assemblage. Nous avons continué à nous voir souvent. Nous sommes devenues de grandes amies.

C'est Lauranne, une autre copine de l'atelier d'assemblage, qui la première m'a parlé de Mariette et du boulot, pour me dire que ça n'allait pas du tout. « Elle ne respecte plus les consignes. Elle fait ce qu'elle veut, comme elle veut, du coup c'est la guerre avec Lormonge. »

Puis des bruits ont circulé qui l'ont confirmé. La cheffe a repris plusieurs fois Mariette, parce qu'elle s'arrêtait au beau milieu de son travail pour discuter. Lormonge ne le supporte pas ni aucune autre distraction. Il faut la comprendre, d'accord, elle est hyper sévère, mais c'est son taf aussi. Le pompon, c'est quand elle l'a surprise sur son téléphone. Mariette passait des textos, elle n'avait trouvé que ça pour communiquer avec les collègues, c'est malin ! Elle croyait peut-être qu'on allait lui répondre ! Il paraît que Lormonge était cramoisie et lui a volé dans les plumes. Elle a été trouver derechef le patron. C'était sûrement pas la première fois.

Un jour, on a essayé de lui parler, Lauranne et moi. C'était en février, ou peut-être début mars, au Toulouse, le bar de la place du marché. On s'était mises d'accord pour s'y retrouver à six heures et quart, laissant à Mariette le temps de récupérer ses mômes à la sortie du boulot. Justement, l'après-midi même, elle était passée à l'atelier de prépa pour me dire un truc à propos de ce rendez-vous. Je lui ai reproché, elle a haussé les épaules. J'ai insisté : « Arrête ça ! Attends les pauses au moins pour nous rencarder. Tout à l'heure, j'aurais bien aimé te répondre, mais en même temps ça me dérange, j'ai pas envie d'avoir des ennuis, moi. Tu profites des moindres allées et venues dans les ateliers pour discuter avec l'un ou avec l'autre, tu l'as même fait pour les séances à la piscine, Antoine me l'a dit. Ça gêne, tu comprends pas ? À force, tu vas nous porter la poisse. » Mariette a répondu qu'elle n'avait pas le temps de nous parler pendant les pauses, et que certains collègues ne restent pas sur place à midi. C'est vrai, mais n'empêche, c'est pas une raison. Elle filait un mauvais coton et n'écoutait personne. Elle a déconné, Mariette, pas étonnant que Lormonge l'ait prise en grippe et que le Dug' l'ait virée.

« Et puis t'es un peu trop à l'aise au boulot, a ajouté Lauranne, tu fais comme si les chefs n'existaient pas. » Mariette a rétorqué que nous sommes bien capables de nous diriger tout seuls. Que nous connaissons le taf mieux que les chefs d'ateliers, qui ne sont là que pour nous emmerder, et que nous pourrions parfaitement faire marcher l'entreprise sans eux. Elle pousse un peu, quand même. Mais j'en entends d'autres dans la boîte qui disent pareil. En tout cas, Mariette en a marre d'être contrôlée à chaque instant et qu'on lui donne des ordres alors qu'elle connaît le boulot par cœur, en plus par une cheffe raide comme une porte de prison, qui est de mèche avec le patron et lui rapporte tout, et qui ne fait jamais un sourire.

Mais ce n'est pas tout. Mariette a raté plusieurs pièces à son poste. Je ne mens pas ! Elle qui bosse toujours impeccablement ! J'ai du mal à l'admettre, mais c'est la vérité. Je l'ai su par Nadia, que j'ai interrogée parce qu'elle est à côté d'elle à l'établi. Lauranne ne m'en avait rien dit, elle ne voulait pas enfoncer Mariette, et elle espérait que toute la boîte ne soit pas au courant. Tu parles ! En plus, Lauranne avait peur que je ne la croie pas. Je peux comprendre, Mariette ne rate jamais rien d'habitude. Personne d'autre qu'elle n'est passé aussi rapidement à l'assemblage, elle n'était pas dans l'entreprise depuis deux mois.

« C'était à l'encollage, m'a dit Nadia, et à la couture à main. Ce que j'ai vu, c'est Mariette qui s'arrêtait brusquement, et qui restait toute droite, sans bouger, l'air absent ! Lorsque je l'ai regardée, elle se mordait les lèvres et bougeait drôlement les paupières. Elle a tourné la tête, a jeté un regard sous l'établi comme si elle voulait cacher la pièce, mais ça, tu sais bien que c'est impossible. Il a bien fallu qu'elle aille trouver Lormonge. Après, je ne sais pas ce qui s'est passé. Mais je me suis rappelé qu'à deux reprises, Mariette m'a dit de ne pas passer par chez elle comme je le fais tous les matins. Elle a prétexté, je ne sais quoi avec la nounou de ses enfants. Sur le moment, je n'ai pas fait attention. Maintenant, je soupçonne le Dug' de l'avoir convoquée dans son bureau avant l'arrivée des autres. »

Ah ! Elle a dû passer de sales quarts d'heure, Mariette. Tout ça jusqu'au licenciement… Zut, ça me bouleverse. Mais quoi, qu'est-ce qu'elle croit, qu'elle peut faire n'importe quoi, et qu'on va la féliciter ? Ce qui me peine, c'est qu'elle ne me dit plus grand-chose. On se voit moins, maintenant qu'elle n'est plus dans la boîte. De toute façon, elle est fuyante. Elle me faisait confiance avant. Je ne peux pas m'empêcher de lui en vouloir.

7

Roland Dugoin releva les yeux, qui se brouillaient à force de parcourir des colonnes de chiffres. Il passa une main sur son front, bougea ses épaules endolories, tourna la tête d'un côté puis de l'autre pour détendre son cou. C'est à cet instant qu'il aperçut, à sa droite, une silhouette avancer derrière la haie. Quelqu'un marchait sur le chemin communal. C'était curieux : ce chemin était barré trente mètres plus loin à cause de travaux, ce qui était indiqué à l'entrée. Dès lors, pourquoi l'emprunter, pour aller où ? Dugoin suivit l'ombre, qui bientôt s'arrêta. Lorsque le feuillage de la haie s'agita, il fronça les sourcils. On était donc en train d'observer l'entreprise ? Puis la silhouette reprit son avancée et disparut derrière le mur du bureau, après la seconde fenêtre.

L'homme se leva précipitamment pour s'en approcher, ainsi élargir son angle de vue. Rien. On ne voyait rien. La haie était aussi placide et silencieuse qu'ordinairement, seulement agitée par une légère brise. Il revint à son fauteuil, se remit au travail en s'admonestant : quelle inquiétude l'avait saisi ainsi ? C'était idiot. Il n'avait rien vu, ou rien d'important. Il continua à vérifier et classer des rapports, à faire des comptes sur son ordinateur, tout en tendant l'oreille. Comme le silence seul lui répondait, il se reprochait son attitude et tâchait de se concentrer à nouveau, sans grand succès, ce qui l'agaçait au plus haut point. Deux ou trois fois, il fit glisser son fauteuil à roulettes en arrière, puis lui fit faire des tours complets, levant les jambes à l'horizontale, goûtant à ce mouvement de tourniquet qui lui rappelait ses joies d'enfant lorsque ses parents l'emmenaient au manège.

Et voilà. Roland Dugoin, patron de l'entreprise du même nom, homme sec, revêche et sans aucune espèce de fantaisie, ferme les yeux sur son cheval de bois imaginaire, son dauphin aux grands yeux ou son avion de pacotille perché en haut d'un poteau de manège. Puis il rouvre les yeux, et joue – oui, joue ! – à brouiller l'horizon, en tournant de plus en plus vite sans fixer rien. Les cartons d'archives serrés sur les étagères se transforment en une route blanche et rouge dont les stries défilent, route entrecoupée par une autre de lumière lorsque ses yeux passent devant la série de fenêtres. Il se réjouit de l'ivresse du tournoiement, de l'accélération provoquée par des coups de pied au sol, puis, tandis qu'il referme les paupières, de la décélération progressive. Le manège ralentit sa course, les dossiers et les fenêtres reprennent leur allure habituelle, avec leurs lignes horizontales et verticales. Roland Dugoin, un des hommes les plus importants de la commune, le patron sérieux et âpre au gain, le directeur omnipotent, va jusqu'à rêver du paquet de bonbons que son père lui achetait parfois au sortir du manège. Ses pensées s'envolent comme des libellules.

Mais soudain, les jolis insectes se déposent brutalement dans le bureau. Un bruit. Et pas n'importe quel bruit : le cliquetis particulier que produit la porte de service de l'atelier lorsqu'on l'actionne lentement. Il le connaît très bien, ce bruit, Dugoin ! Il l'entend souvent quand il ouvre et referme l'entreprise, alors seul dans les locaux. Le voilà saisi d'effroi. Ses pieds ont le réflexe d'exercer une nouvelle poussée au sol, cette fois pour s'écarter de la porte battante qui sépare le bureau de l'atelier. Le fauteuil va cogner contre le mur du fond de la pièce. Dugoin n'a pas le temps de réfléchir plus avant que la porte s'ouvre avec violence. Une employée est là, qui tient un gros marteau à la main.

Pétrifié, Dugoin voit la femme poser son regard une demi-seconde sur l'ordinateur et la table recouverte de documents, balayer des yeux ce coin de la pièce pendant une autre demi-seconde, puis tourner la tête et l'apercevoir. Il voit la femme qui maintenant l'a vu, lui, Roland Dugoin, collé à son fauteuil. Il soulève sa main au-dessus de l'accoudoir, en un curieux mouvement, comme pour actionner une manette du manège qui ferait disparaître le fauteuil ainsi que son occupant dans une trappe, ou bien au contraire les soulèverait pour les projeter vers le ciel.

Elle le regarde dans les yeux, cette femme qui lève un marteau, mais pourquoi donc, qui est-elle, il la connaît bien pourtant, c'est une employée de l'atelier d'assemblage, son nom et ce qui s'y rattache lui revient, c'est Varnot, et son prénom Marie, non, Francette peut-être, ou plutôt Mariette, Mariette Varnot c'est ça, l'employée qu'il a virée récemment, il la revoit dans son bureau le jour de l'entretien de licenciement, suffoquer de surprise et de colère à tel point qu'elle lui a presque fait peur. Et tout à coup, il repense à cette fin d'après-midi où il a trouvé une couleuvre dans sa boîte aux lettres, avec ces mots inscrits sur la boîte, « crétin le matin connard le soir », c'était elle, forcément, comment n'y a-t-il pas pensé, il n'avait pas compris et ça l'avait presque fait sourire, quel idiot, mais les pneus crevés de sa voiture beaucoup moins, il avait gueulé fort, son voisin était apparu, « un pneu, ça va encore, mais quatre pneus, quand même ! » s'était-il exclamé, lui conseillant de porter plainte contre les voyous qui avaient fait ça, de telle sorte qu'il y avait cru, aux voyous, mais maintenant c'est Varnot qui lève le bras au bout duquel est un marteau, il voit ce marteau qui ressemble au sien, rangé chez lui en bas du placard de l'entrée, un outil large, puissant, dont le manche en bois est peint en rouge à la base, il pense à ce marteau cependant qu'un autre marteau avec du rouge s'avance vers sa tête à toute allure.

Dugoin fixe le corps de la femme qui arrive sur lui au même rythme que le marteau, elle a un drôle de petit sac à dos sur le ventre, entrouvert, duquel dépasse un long manche.

8

Mariette est en classe de cinquième. Elle a treize ans. En cours de sciences et vie de la terre, le professeur fait étudier les coquillages depuis plusieurs semaines. Chaque élève a dû constituer une petite collection, en allant ramasser des coquillages sur la plage ou bien en récupérer dans des poissonneries. Pour conclure le trimestre, le professeur a demandé que chacun dispose sa récolte sur un support qu'il aura trouvé ou fabriqué puis recouvert, avec du papier ou du tissu par exemple, et sur lequel il aura posé des étiquettes pour identifier chaque pièce.

Mariette s'est passionnée pour ce travail, réfléchissant longuement aux matériaux qu'elle utiliserait pour présenter sa collection. Elle a décidé de fabriquer un présentoir en bois, et d'y coller des morceaux de cuir, mais seulement sur certaines zones, choisissant de dessiner sur d'autres des motifs au pyrograveur et les vernir.

Il lui a fallu réunir tout son courage pour se rendre chez Dugoin, la grosse maroquinerie implantée dans sa commune, et oser demander des chutes de cuir. Elle est repartie avec un carton rempli de chutes de toutes les couleurs, au comble de la joie. À la fois enthousiasmée et émue, elle s'est félicitée pour son audace.

L'adolescente a palpé et respiré les morceaux de peau d'animal – « principalement de la vachette, mais il y a aussi de l'agneau », a précisé la femme qui l'a reçue – avant de porter son choix sur du vert foncé et du marron pour le fond du présentoir, de manière à mettre en valeur les coquillages presque tous de couleur claire. Elle a sélectionné des verts pâles, des turquoises et des bleus pour créer un liseré sur le pourtour, puis a passé de longues heures à découper des petites formes et à les assembler, privilégiant les courbes afin d'évoquer les mouvements de l'océan. Elle a aussi observé des images d'hippocampes et de méduses, retenant leurs contours souples et gracieux.

C'est avec autant de soin que Mariette a découpé des rectangles dans du cuir beige, y a inscrit au pyrograveur les noms savants et populaires des coquillages, avant de coller les rectangles sous chaque pièce. Pour certains coquillages très répandus, les berniques par exemple, elle a cherché les noms donnés dans d'autres régions que la sienne. Ailleurs, c'est patelle, ou birinic, ou même chapeau chinois. Quel drôle de nom !

Le jour où les élèves apportent leurs réalisations en classe, Mariette ne cesse de s'étonner. Elle est une des rares à s'être attachée à réaliser quelque chose de beau et de soigné. De nombreux présentoirs sont quelconques, et certains sont franchement laids, mal fichus, avec des étiquettes froissées et quelquefois illisibles. Plusieurs élèves ont disposé les coquillages n'importe comment et les ont fixés à l'aide de scotch. « C'est affreux ! se dit Mariette, stupéfaite. Et puis, et puis… quelle idée de prendre du papier rose brillant pour décorer les présentoirs, ou pire, du papier de Noël ! »

Les collections sont déposées sur les tables. Le professeur fait le tour de la classe, en silence. Mariette voit qu'il réprime de temps à autre une grimace trop appuyée ou une remarque peu amène. Son cœur bat fort lorsqu'il s'approche d'elle. Elle espère, oh oui ! elle espère qu'il va aimer ce qu'elle a fait !

Le professeur s'arrête net, scrute attentivement et avec une surprise manifeste son œuvre. Il ouvre la bouche, la referme sans avoir rien dit, la regarde, elle, Mariette, porte à nouveau les yeux sur la réalisation. L'adolescente ne fait pas un mouvement. Le brouhaha de la classe perdure tandis qu'un silence particulier s'est installé entre le professeur et elle, dont ils sont comme propriétaires. À nouveau, il ouvre la bouche, murmure « c'est bien, c'est bien », laisse passer quelques secondes et lâche : « Tu as beaucoup de goût. À ton âge. » Il hésite encore, puis la regarde plus franchement : « Je te mets dix-huit sur vingt. Non, c'est idiot. Tu auras vingt. »

Mariette est presque soulagée lorsque les yeux du professeur la quittent, reprennent contact avec la salle de classe, les autres élèves. Elle n'en pouvait plus d'inquiétude, en attente du verdict, paralysée derrière sa table tel un animal apeuré dans sa tanière, le ventre plus contracté qu'un tendeur tiré au maximum, les pieds vissés au sol comme s'ils étaient pris dans le béton.

Elle a eu vingt sur vingt ! Alors qu'elle n'a jamais réussi à dépasser onze ou douze dans presque toutes les matières, alors qu'elle peine, en français comme en maths, et plus encore en anglais, malgré ses efforts et bien qu'elle aime l'école ! Cependant, le véritable bonheur de Mariette se loge ailleurs, tout au fond d'elle, là où la vie palpite en secret. Ce matin, l'adolescente a compris qu'elle était douée en quelque chose. Et qu'elle avait du goût, beaucoup de goût, le professeur l'a dit ! Oh, elle le savait bien, Mariette, qu'elle aimait ramasser et assembler des choses, des feuilles séchées, des pierres, des racines, les dessiner et les colorier aussi.

Mais les yeux. Les yeux du professeur.

9

Mariette a laissé le couteau là où elle l'avait planté. Elle s'est demandé s'il faudrait user de force pour le retirer, et pour cela prendre appui sur le corps du patron, avec un pied ou peut-être même une main. Elle a vu aussi le sang gicler et venir souiller ses vêtements. Le dégoût l'a prise à la gorge. Elle est partie, abandonnant son arme.

Elle reprend le chemin qui mène jusqu'à sa maison, entre dans sa voiture, se laisse tomber sur le siège et claque la porte. Les images s'agitent et dansent dans sa tête. Le premier coup de marteau est parti tout seul, droit, évident, sûr. Une onde de satisfaction a traversé la jeune femme, tandis qu'elle se débarrassait de son sac qui la gênait, le jetant au hasard dans la pièce tout en cherchant à reprendre son élan. Mais la panique, soudain, l'avait envahie. Était-ce le geste qu'elle venait d'accomplir qui l'épouvantait ? Était-ce la tête aux yeux exorbités qui la regardait en oscillant ?

Brusquement, la silhouette du patron s'est animée, un bras s'est dirigé vers elle. Surprise, Mariette a reculé. Lorsqu'elle a vu le corps se soulever pour sortir du fauteuil, l'hésitation l'a quittée d'un coup, une nouvelle vague d'énergie la propulsant en avant. Des sons rauques sont sortis de sa gorge, tandis qu'elle cognait, cognait, jusqu'à ce que le corps s'écroule.

Silence dans la pièce. Le patron est tombé sur le dos, elle n'aura pas besoin de le manipuler. Soulagement. Car il faut entrer le couteau par devant, estime Mariette. L'homme est laid. Un côté de son visage est massacré. Elle a frappé au hasard, comme une furie. Ses traits se détendent un peu. Elle s'entend souffler. Elle ne sait pas si elle est contente. Un drôle de rire lui vient, qui ne parvient pas à se déployer.

La jeune femme avise son sac, tombé par terre dans un angle du bureau. Le couteau. À glisser entre deux côtes, fermement, en plein cœur. « Pour l'achever définitivement », se dit-elle. Aussitôt, elle songe qu'il lui faut achever l'œuvre entière. Pas seulement le patron, mais l'autre ordure aussi, sa cheffe d'atelier. Elle saisit le manche du couteau à deux mains, s'agenouille devant le corps, enfonce l'objet dans la chair, enfiévrée, tendue comme un arc.

Elle attrape son sac, traverse l'atelier et quitte l'enceinte de l'entreprise par le portail. Elle a complètement oublié la plaque de direction vissée sur la porte battante.

*

Mariette se redresse dans sa voiture, met le contact. Elle démarre, roule lentement vers une grande surface. Il lui faut un autre couteau. Elle a le temps. De toute façon, elle veut attendre l'heure du déjeuner pour Lormonge. Ainsi aura-t-elle plus de chance de la trouver. Mariette se rend compte qu'elle ne sait pas du tout comment vit la responsable d'atelier. Elle ne l'a jamais imaginée ailleurs qu'à l'entreprise. Il a fallu qu'elle se renseigne pour connaître l'adresse de sa cheffe, presque étonnée de découvrir que cette femme avait un logement à elle. L'idée qu'elle pourrait ne pas vivre seule la traverse, mais lui paraît si incongrue qu'elle la rejette aussitôt.

Dans les rayons, Mariette croise des habitants de la commune, un type qu'elle connaît vaguement et qui milite dans une association d'aide au logement, une des deux bibliothécaires, la rousse, une famille de son quartier dont le père passe souvent devant chez elle en faisant son footing. Ils ne sont aujourd'hui que des ombres informes. Mariette leur fait de vagues signes, avec la tête ou par un mouvement du bras. Sa bouche s'ouvre une ou deux fois pour prononcer « bonjour, ça va ».

Elle attrape ici ou là un paquet de riz, un autre de lentilles, une boîte de sardines ou un tube de mayonnaise, qu'elle jette dans son panier de courses à côté du nouveau couteau. « Autant acheter ce qu'il faut pour la semaine », se surprend-elle à penser. Elle déambule au hasard. Elle traîne, regarde l'heure, attend que les chiffres défilent.

Au rayon des conserves, c'est une ancienne collègue qui vient à sa rencontre. « Tu nous rejoins à la piscine, mardi soir ? » Mariette bouge son visage sans savoir si elle dit oui ou si elle dit non. « Tu sais, ce n'est pas parce que tu n'es plus à l'entreprise… Au contraire, viens donc ! Ne loupe pas cette séance, on fait un water-polo avec le club de Saint-Nogire. C'est l'entraîneur qui l'a proposé la semaine dernière, parce que…

Dis, tu n'as pas l'air dans ton assiette. Ça ne va pas ? Ah, évidemment, c'est ton renvoi ! C'est normal. Avec le temps, tu verras… Et puis tu retrouveras… Moi je dis qu'il faut… Tu sais, depuis que tu es partie, je vais te raconter… L'autre jour, le Dug', avec la cheffe de l'atelier de prépa… Incroyable, tu te rends compte ! Alors il a répondu… »

Mariette entend encore qu'il est question d'un restau après la piscine, et comme l'autre insiste, l'invective, « ça te fera du bien », elle dit à tout hasard « à quelle heure ». « Quelle heure ? Mais huit heures comme d'habitude, juste après la séance, au Petit Écureuil. Au fait, ceux de Saint-Nogire ont proposé… »

Brusquement Mariette se détourne, et elle s'en va, laissant là le bavardage de son interlocutrice. Elle reprend son errance dans les allées du magasin, avançant la main vers les étagères et prenant des produits au hasard, parfois remplissant son panier, parfois les reposant plus loin, dans d'autres rayons. Devant l'étal de légumes, elle constate que les premières asperges de la saison sont arrivées. « Pour les filles, ce soir. Avec une sauce mousseline, elles adorent ça. »

La longue lame du couteau de cuisine produit une étincelle de lumière lorsque la caissière le prend pour le scanner et le déposer plus loin sur le tapis roulant. Mariette s'en saisit et l'enfourne dans son sac à dos tout en attrapant son portefeuille.

Sur le parking de la grande surface, elle s'immobilise, ébahie : sa cheffe est à cent pas, occupée à transférer des cabas de son caddy vers le coffre de sa voiture ! « Elle va sûrement rentrer chez elle. C'est une chance, lorsqu'elle aurait pu être partie pour le week-end, ou simplement absente. » Lormonge va même la conduire à son domicile !

La jeune femme lâche brutalement son panier sur le bitume, se précipite vers sa voiture. Elle attend que l'auto démarre et la suit.

10

Mariette est mon amie. J'ai longtemps été sa confidente. J'en connais bien plus sur son compte que Lauranne et Nadia, et que tous les autres de l'entreprise. Je sais quand elle a commencé à dérailler. C'est après son histoire avec Bruno. Oh, elle en a eu d'autres des histoires, seulement ça ne durait pas, et puis elle n'avait jamais ramené un homme à la maison depuis son divorce.

Elle a résisté longtemps avec Bruno, au début, elle ne voulait pas, mais c'était compliqué pour qu'ils se voient, il fallait bien qu'elle soit chez elle pour s'occuper des mômes. Elle me disait que ça se passait bien avec lui, qu'ils s'aimaient de plus en plus, alors au bout d'un moment elle a cédé, surtout quand elle a cru qu'ils reformeraient une famille. Un foyer. C'est le mot qu'elle employait toujours, Mariette, un foyer.

Ce qu'elle n'avait pas prévu, c'est que ses filles s'attacheraient fortement à Bruno. Justement, elle avait craint le contraire, qu'elles ne l'acceptent pas. Mais les gamines ont presque sauté au cou de Bruno dès qu'elles ont compris qu'il n'était pas n'importe qui pour leur mère. Il faut dire qu'elles sont très câlines, les filles de Mariette, et adorables en plus de ça. Quand elle a vu comment les choses se passaient, Mariette s'est détendue. Et comme Bruno était de plus en plus souvent chez elle, finalement elle a insisté pour qu'il s'installe, pour qu'ils vivent ensemble, mais vraiment, à quatre quoi, avec les enfants aussi. Seulement voilà : je ne sais pas si ça lui plaisait tellement à Bruno. C'était l'idée de Mariette, ça c'est sûr, mais lui ? Il voulait être avec elle, peut-être pas se retrouver en famille, avoir un foyer comme disait Mariette, avec des enfants qui s'accrochent à lui de cette façon.

Bref, un jour il s'est tiré. Sans prévenir. Allez hop ! C'était juste après les fêtes de Noël. Les réunions de famille, les parents de Mariette, les cadeaux et le reste, il a dit que c'était trop pour lui. Il a repris ses affaires et a déclaré que c'était terminé. En plus, il est parti avec une autre, rencontrée le soir de la Saint-Sylvestre, chez Antoine et Nicole où nous étions cette année. Mariette y était aussi, évidemment. Pff…

Je ne sais pas si elle est jalouse, mais ce qui est sûr, c'est que vis-à-vis des mômes, elle n'a pas supporté. Elle m'a dit qu'ensuite ses filles lui ont fait la peau, comme si c'était de sa faute à elle que Bruno soit parti. La grande s'est mise à bouder avec hostilité dès qu'elle était seule avec sa mère, elle n'obéissait plus à rien, et la petite faisait colère sur colère. Mariette était blême. Elle était obligée de croiser Bruno tous les jours, à l'entreprise. Elle serrait les dents.

C'est à partir de là que Mariette a commencé à être bizarre. Elle voulait sans arrêt organiser des trucs avec les collègues, elle insistait, y compris auprès de ceux que ça n'intéresse pas et qui ne viennent pas volontiers, pour des repas, des balades, et même une visite au zoo. Mais après avoir tout fait pour qu'on se retrouve ensemble en dehors du boulot, c'était comme si elle ne nous voyait pas, Lauranne, Nadia, moi, Imany et Antoine, les copains de l'atelier de découpe. Elle ne nous regardait plus et restait muette comme une carpe. On n'y comprenait rien.

Tiens, j'y pense maintenant, Mariette voulait surtout faire des sorties avec les enfants, elle répétait toujours « on va faire des trucs en famille ». Évidemment, les célibataires comme Bruno aiment moins ces sorties. C'est sympa, mais c'est différent. Les enfants, c'est bien quand on en a soi-même, sinon c'est pas forcément marrant.

11

En ce samedi matin d'avril, les rues sont calmes et presque désertes dans le quartier résidentiel de la Poronne, à Louzèvre-sur-mer, lorsqu'une Audi grise franchit le rond-point et stationne presque aussitôt au numéro douze de la rue Auguste-Piallard, devant une maison d'allure confortable aux volets de bois clairs. Une femme sort du véhicule. La quarantaine passée, une tenue souple en lin de couleur taupe, un curieux chapeau asymétrique sur la tête, qui laisse voir une seule oreille d'où pend une grosse boucle bleue. La femme ouvre le coffre pour en sortir deux gros cabas, pousse le portail. Elle se dirige vers le garage accolé à la maison. La porte se referme sur elle.

Quelques secondes après l'Audi est arrivée une autre voiture, qui s'est arrêtée sur le pourtour du rond-point, à un endroit surprenant puisque des places sont libres rue Piallard et dans les autres alentour. C'est également une femme qui est sortie du véhicule, mais plus jeune. Vingt-huit ou trente ans au maximum, jean, pull orange fin et long, veste courte écrue, baskets. Elle s'est avancée vivement jusqu'à l'entrée de la rue, a observé la femme qui l'avait précédée, ensuite a rejoint la maison pour épier de nouveau, puis est revenue à son véhicule et a curieusement enfilé un petit sac à dos par devant elle.

*

Postée sur le trottoir, derrière les lauriers qui bordent la grille du numéro douze, Mariette n'a rien perdu de la scène : sa cheffe, avec ses sacs à provisions et son chapeau ridicule, qui entre chez elle par le garage, passe ensuite derrière une petite fenêtre et disparaît sur la droite.

Mariette se retourne vers la rue pour observer les lieux. Elle est surprise par l'arrivée d'un passant qui la regarde bizarrement. « Bonjour », lance-t-elle, tout en fouillant dans son sac comme si elle cherchait quelque chose. L'homme s'incline légèrement sans mot dire et continue son chemin, cependant se retourne plusieurs fois. Ne pouvant pas chercher indéfiniment, Mariette remet son sac sur le dos, va au rond-point et attend quelques minutes à côté de sa voiture. L'image de la cheffe la hante. Comme des flashs successifs, elle l'imagine tout à tour à l'entreprise puis chez elle, occupée à ranger ses courses. Donc dans sa cuisine. Qui est probablement adjacente au garage. À moins que la petite fenêtre soit celle d'une arrière-cuisine. Mais cela ne change rien au plan prévu, estime Mariette.

Constater que la rue est à nouveau déserte.

Prendre le marteau. Ôter l'emballage du couteau neuf et mettre celui-ci en place, debout et le manche en haut, ajuster correctement la fermeture du sac et enfiler celui-ci par devant.

Ouvrir le portail, marcher jusqu'à la porte du garage, entrer sans bruit.

Pousser la seconde porte plus doucement encore. Celle-ci ouvre sur un espace en forme de large couloir, meublé d'étagères de rangement et d'un gros congélateur.

Une autre porte, vitrée celle-là, avec des carreaux de couleur jaune, restée entrouverte, qui certainement mène à la cuisine. « C'est facile, s'étonne Mariette, c'est tellement facile. »

Guetter le moment où sa proie aura le dos tourné, et se lancer.

12

Elle gît sur le sol, couchée sur le flanc droit. Son bras gauche est replié, serré contre son torse. Le couteau apparaît dans l'angle formé par le coude. Une large flaque de sang s'étale sous le corps et sur le carrelage. Le crâne est enfoncé en plusieurs endroits, tandis que le chapeau est allé rouler près d'une autre porte au fond de la cuisine. Il s'est arrêté sur son envers. « On dirait un petit bateau avec un bord plus haut que l'autre », se dit Mariette. Elle relève la tête, se fige. Deux enfants sont là qui la regardent fixement.

Deux garçons. Un peu plus grand que ses filles. Mariette n'avait jamais pensé que sa cheffe puisse avoir des enfants. Et elle n'a jamais vu d'yeux aussi grands. Les regards se croisent, livides, tendus, affolés.

Foudre. Retombée. Fatigue incisive infinie

le pays des rêves
prend la fuite

alors était-elle dissociée

écroulement éboulement éclaboussure
tas de briques informe cassé rouge sang

« Ils sont un peu plus grands que »

« Dans quelques années mes filles seront comme ces garçons   mes fils   mes enfants »

vidée, absolu   ment

aller loin

agiter la main   le bras   s'en aller

le bateau des vents c'est fini
désormais encagée

loin et pourtant
frontière de deux pas
tout près
d'elles/d'eux

Souffle. Fermer les lèvres aussi.

*

Mariette s'arrache de ces yeux qui la clouent.

Elle serre très fort son sac contre elle, sort et marche en saccades jusqu'à sa voiture, où elle s'enfonce comme dans une cabane que des enfants auraient construite dans les bois.

* * *

La voix du tram

Lecture théâtrale

Pour la lecture sur scène

Interprètes : trois ou quatre lecteurs, voire plus.

— Trois lecteurs + un enfant ou un « invité », à savoir un spectateur à qui on aura fourni une feuille sur laquelle sont écrites les répliques de l'enfant. Il ne les apprend pas, on lui fait signe au moment où il doit les dire.

— La voix du tram, qui est double (une voix intérieure et une autre qui dit des annonces), est en principe interprétée par une seule lectrice, mais d'autres dispositifs sont envisageables, pourvu qu'on comprenne que les deux voix proviennent d'un unique personnage. Un objet, par exemple un porte-voix (réel ou suggéré), sera éventuellement utile pour aider l'auditeur à différencier les deux voix de « la dame du tram ». On peut aussi choisir de transformer techniquement la voix qui dit des annonces par des boîtes d'effets.

La voix diffusée doit apparaître mécanique, artificielle, ce qui n'empêche pas qu'elle comporte diverses intonations et des accents mélodiques, mais répétitifs, tous calqués sur le même modèle, de telle sorte qu'ils semblent bizarres. La ponctuation utilisée dans le texte est essentielle : il convient de respecter scrupuleusement les virgules. Le nom du site internet est débité de façon continue, sans pause.

Personnages : *Le narrateur, la voix du tram, le voyageur, l'enfant, d'autres voyageurs.*

La voix du tram est double : une voix intérieure (la femme se parle à elle-même) et une voix diffusée dans le tramway sur des haut-

parleurs, qui dit des annonces. Pour les distinguer dans le texte, cette seconde voix est écrite en italique.

Des didascalies sont également écrites en italique, mais entre parenthèses.

Narrateur

Ville de Saint-Angèle, tramway ligne numéro deux. Circuit Hôpital Saint-Jean/Parc Sagogne.

Arrêts : Carisy-Chapier, Espace du Peuple, Rubanerie, Pilart-Dugammier, Stade Nord, Square des Rosiers, Place Desille, Hôtel de Ville, Émilie Furet, Notre-Dame de la liberté, Fonderie Xavier-père, Hôtel Rémours, Facultés, Quartier Colline, Plaine Geleste.

La voix du tram

Posons l'hypothèse qu'on n'entende pas qui je suis, qu'on n'entende pas d'où je viens, est-ce que je sors d'une machine ou est-ce que je n'en sors pas. Supposons qu'on ne se pose même pas la question, tiens, parce que je suis si bien imitée, si bien imitée. Mais peut-être que non, peut-être qu'une voix fabriquée, cela se perçoit, peut-être.

Ligne 2, direction Parc Sagogne, prochain arrêt, Carisy-Chapier,

Rien n'a changé depuis que j'ai investi le tramway, pensais-je, mais en suis-je bien certaine ? Comment savoir ? Les figures impassibles des voyageurs sont si lisses que je ne peux rien en déduire. Ils avancent vers les portes ou vers les sièges, se calent dans un renfoncement pour s'écarter de la foule mouvante, pour se ranger quelque part, ils vont et viennent en suivant le mouvement de leurs désirs, ou de leurs obligations, se rendre au travail, à une activité quelconque, faire une démarche administrative ou les magasins, chercher quelqu'un à la gare.

Comment c'était avant ? Levaient-ils les yeux de leurs téléphones un peu plus souvent, loupaient-ils leur arrêt ? Quelque chose a changé, ou pas ? Désormais, le tram est habité, l'air s'emplit d'informations, tout au long du jour, tout au long des rames. Est-ce qu'on aide les gens, est-ce qu'on les ennuie ? Est-ce que.

Ligne 2, direction Parc Sagogne, prochain arrêt, Espace du peuple,

Mesdames, Messieurs, dans le cadre du festival Voix de Kabylie, une navette gratuite est mise en place par la Société de Transports Angélois, départ toutes les vingt minutes de l'arrêt Pilart-Dugammier, destination Esplanade Huguette-Vauzi via, Château Lesbeau, pour le retour dernier départ 1 h 30, toutes les informations sur trois w festitransport tiret saint tiret angèle tiret réseau point sta point com,

Voyageur

On dirait toujours qu'elle a encore quelque chose à dire, avec cette intonation bizarre qui consiste à ne jamais redescendre vers le bas. Monter vers le haut, virgule, c'est pour donner un exemple, virgule, ou bien redescendre vers le bas. Point. Marquer une courte pause, virgule, ou bien marquer une vraie pause. Point. Respirer avant de recommencer. Point. C'est ce qu'elle ne fait jamais, virgule, cette voix. Point. *(Toujours avec le contraste bien marqué entre les virgules et les points :)* La la la, lala la, la la la.

La femme, dans les haut-parleurs, ne fait que des virgules, même à la fin de ce qu'on croit être des paragraphes, ou à la fin de chaque discours, si l'on peut appeler ce qu'elle raconte des discours. Quoi qu'il en soit, il existe bien des séquences successives, entrecoupées de silences, qui devraient donc se clore par des points, avec la voix qui redescend vers le grave pour faire des points. Point. Ce n'est pas compliqué pourtant.

Alors voilà, voilà l'histoire. Le discours ne s'arrête jamais. Même si la voix se tait, en réalité ça ne s'arrête jamais. Cette femme a toujours quelque chose à ajouter. On guette ce qui va venir, mais ça ne vient pas. On ne peut pas s'empêcher d'attendre, après la virgule finale de chaque séquence, on reste à l'écoute, suspendu, en alerte, et c'est le silence qui s'offre à nous, quelques secondes, parfois une minute, un tout petit moment dans lequel on aimerait se reposer, laisser vagabonder ses pensées, rêver, ou bien se concentrer, mais non, on ne peut pas. On ne peut pas.

Ligne 2, direction Parc Sagogne, prochain arrêt, Rubannerie, (un silence un peu long)

Voix

Je suis née un jour, soudainement, dans un tramway qui circulait sur la ligne 2. Tout s'est mis en route en un instant précis, un instant sublime, enchanteur, lorsqu'un enfant a posé une question à la femme des haut-parleurs, m'a posé une question, car c'était à moi qu'il s'adressait, puis une autre à l'adulte qui le tenait par la main, à propos de cette dame qu'il entendait, mais ne voyait pas. En quelques secondes, grâce à cet enfant, j'ai pris corps. Je me suis constituée. Je suis devenue quelqu'un. Auparavant, je n'étais qu'une démultiplication vocale sur l'ensemble des lignes de tramways de la ville de Saint-Angèle.

Je suis une femme créée de toutes pièces, pour les besoins des usagers paraît-il, car en réalité ceux-ci n'ont rien demandé, est-ce qu'on les aide, est-ce qu'on les ennuie, est-ce que. Une femme sans bras ni jambes ni dos ni fesses. Un visage peut-être, oui, un visage, ou plutôt cent et mille visages selon celui ou celle qui m'imagine. Une voix qui ne sort d'aucun corps, seulement de centaines de haut-parleurs répartis sur toutes les rames, une voix démembrée à laquelle on a donné de l'épaisseur, un squelette, grâce à des machines, pour faire oublier que de squelettes il n'y a pas. Une voix confortable et rassurante. Une voix qui berce les voyageurs dans leurs trajets, mélodieuse avec ses intonations variées. Une voix généreuse, gouleyante.

Je suis née grâce à un enfant à qui l'adulte n'a pas su quoi répondre, parce que je n'étais rien, rien qu'un morceau de vie fabriquée, mais si aimable, oui, si aimable.

Ligne 2, direction Parc Sagogne, prochain arrêt, Pilart-Dugammier, (un silence un peu long)

Ligne 2, direction Parc Sagogne, prochain arrêt, Stade Nord,

Voyageur

(Il imite) Prochain arrêt, Stade Nord, Stade Nord,… Et puis quoi, quoi après Stade Nord ? C'est agaçant à la fin.

Voix

En quittant Saint-Jean, j'étais tranquille, pas affolée, les premières stations sont éloignées les unes des autres, j'ai presque deux minutes entre chaque, tout le temps nécessaire pour annoncer le prochain arrêt et donner des informations. Dernièrement, c'était surtout le masque, à répéter tout le temps le port obligatoire du masque, chers voyageurs, pour vous protéger et protéger les autres… Heureusement, c'est fini. Et la navette pour l'Esplanade Vauzi, c'est seulement jusqu'à la nuit de samedi à dimanche. Une minute en moyenne entre deux arrêts, un peu moins dans l'hyper centre, impossible d'enchaîner deux annonces, c'est l'une ou c'est l'autre, déjà qu'il faut se dépêch…

Ligne 2, direction Parc Sagogne, prochain arrêt, Square des Rosiers,

Mesdames, Messieurs, dans le cadre du festival Voix de Kabylie, une navette gratuite est mise en place par la Société de Transports Angélois, départ toutes les vingt minutes de l'arrêt Pilart-Dugammier, destination Esplanade Huguette-Vauzi via, Château Lesbeau,

Voyageur

Rester en suspension, ça me fatigue, ça me fatigue, retenir ma respiration à chaque fois, je n'en peux plus, tous les jours, trente-cinq minutes aller trente-cinq minutes retour, à l'arrivée je suis épuisé, mon corps tremble, ma tête décolle, des points, des points s'il vous plaît !

Voix

Il aurait fallu lui répondre, à cet enfant. J'allais dire à ce petit garçon, mais comme lui je n'ai entendu qu'une voix. Une voix d'enfant à laquelle il était difficile de donner un sexe. Elle disait : S'il vous plaît, Madame, l'arrêt de la place Desille, c'est avant ou après l'arrêt Hôtel de Ville ? Elle était très claire, très haute, passait au-dessus des têtes des voyageurs. Quand j'ai été en mesure de regarder, une fois que je me suis constituée, après avoir pris mes esprits, parce que je ne les ai pas repris, on ne peut pas dire cela, je les ai pris seulement, je n'ai vu que des adultes, le haut de leurs corps. Ils étaient tassés les uns contre les autres, des bustes, des épaules, quelques chapeaux ou casquettes, des drôles de coiffures, des cheveux orange près des premiers sièges, après l'espace réservé aux poussettes et aux fauteuils roulants. Il y avait du monde. Centre-ville, heure de pointe.

Ligne 2, direction Parc Sagogne, prochain arrêt, Place Desille,

Voyageur

Et cette virgule entre l'annonce des stations et leur nom, c'est bizarre. *(Il imite, avec les deux virgules :)* Prochain arrêt, Place Desille, *(puis le répète correctement, comme pour montrer ce qu'il convient de faire :)* Prochain arrêt Place Desille. Voilà.

Voix

C'est juste après la station Rubannerie que j'ai entendu l'enfant demander : Madame, Desille c'est avant ou après Hôtel de Ville ? Mais j'ai enchaîné, par habitude, et parce que je n'ai pas réalisé tout de suite ce qui m'arrivait, alors j'ai continué, prochain arrêt Pilart-Dugammier. Je le sais bien, pourtant, que Desille c'est avant Hôtel de Ville, j'aurais pu le dire à l'enfant. Mais il avait déjà une nouvelle question. Où elle est la dame ? a-t-il demandé, toujours de sa petite voix aiguë et claire, haut perchée. Je n'ai pas entendu la réponse du père, mais je les ai vus s'asseoir, juste en face du haut-parleur central de la troisième rame. Ils portaient tous les deux une veste de jean. Le père avait un tatouage sur l'avant-bras, qui dépassait un peu sur son poignet. Le môme, c'était un garçon. Papa, où elle est la dame ? J'étais dans tous mes états.

Des oreilles et puis des yeux. C'est par eux que ça a commencé. Un visage pour une voix. Elle est là, la dame, mon petit, elle est bien là.

Je suis. Je vis. J'ai entendu, j'ai vu. J'ai écouté et regardé dans toute la longueur du tram. Sonnée de voir mes sens naître, abasourdie d'exister, plus encore de sentir un corps prendre forme. Mon corps. J'ai une enveloppe désormais. J'ai des pieds, des seins, un ventre, j'ai un cou, des dents et une mâchoire. Ils ne se voient pas, mais ils sont. Je le sais. Je les sens.

Tellement chamboulée d'être, j'ai annoncé la station Pilart-Dugammier comme une machine, presque sans m'en rendre compte, j'étais dans du coton. Après, je n'ai plus rien dit. Oublié, l'arrêt Stade Nord. C'est la voix de l'enfant qui m'a rappelée à l'ordre. Qu'est-ce qu'elle fait la dame ? Pourquoi elle dit rien ? Il ne demandait plus où j'étais. Son père avait dû lui expliquer. J'ai repris : Square des Rosiers. Puis Place Desille.

Ligne 2, direction Parc Sagogne, prochain arrêt, Hôtel de Ville,

Voyageur

Plus je l'entends – bien obligé, on n'y échappe pas – plus cette voix m'interroge. D'où elle vient, comment elle est fabriquée ? Je tends l'oreille, j'écoute avec attention, je scrute, j'examine, c'est le seul moyen de m'en échapper puisque je ne peux ni la faire taire ni la fuir, je ne vais tout de même pas me boucher les oreilles, d'ailleurs il faudrait le faire presque tout le temps, et j'ai aussi besoin de mes mains pour me tenir à la barre du tram.

Difficile à supporter, cette voix qui m'agace parce qu'elle rompt sans cesse le cours de mes pensées, qu'elle m'empêche de rêver ou de me concentrer. Mais ce n'est pas tout. Il y a autre chose, il ne s'agit pas seulement d'agacement, d'énervement face à un obstacle récurrent, c'est la voix elle-même qui m'insupporte. Son timbre. Lourd, désagréable. Saturé, comme avec un excès d'harmoniques sur l'ensemble du spectre sonore. Je me souviens du technicien de Sélénite FM, Didier il s'appelait, qui expliquait à chaque stagiaire successif quelles incohérences de réglages il faut éviter sur l'égaliseur. Ici, je jurerais qu'il y en a. On croirait que le gars – ou la fille, peut-être, mais il faut reconnaître que c'est plus rare – que le gars qui s'est occupé de cette voix en a renforcé toutes les fréquences, et les médiums plus encore que les autres. Je dirais, je dirais… surtout vers les deux cent cinquante hertz. Est-ce bien cela qui produit un effet étrange ? qui donne ce curieux timbre ? Il y a quelque chose dans cette voix, comment dirais-je, de trop chargé.

Tram ligne 2, direction Parc Sagogne, prochain arrêt, Émilie-Furet,

Une voix trop chargée, c'est ça. Un spectre faux, une voix artificielle, qui ressemble à une voix normale, enfin qui serait de l'ordre du normal, qu'on pourrait rencontrer dans la vraie vie, mais malgré tout inhumaine. Si on écoute bien. Si on s'y connaît un peu.

Ah ! J'ai enfin trouvé l'adjectif que je cherchais pour caractériser cette voix. C'est une voix grasse. Une voix chargée, et grasse. Qu'est-ce qu'il avait en tête, le gars à la technique, ou la fille, mais ça m'étonnerait, quel genre de femme imaginait-il derrière une telle voix ? Est-ce qu'il en imaginait une, d'ailleurs ? Il a de drôles de goûts en tout cas. Lesquels, je n'en sais rien, parce que moi, je suis incapable de me faire une image autre qu'une machine. Circuits électroniques, octets, fichiers et dossiers informatiques, clapets, curseurs, potentiomètres… Grosse, opulente ? Plutôt puissante et musclée. Ou peut-être pas. Discrète et menue ? … Ah non, une stature et de la personnalité. On dirait que le gars a voulu créer une voix racée, mais qu'il l'a ratée. Une voix racée ratée, ah, ah ! Il est sûrement zarbi, le technicien. Ou bien un peu pervers. Il n'aime pas les femmes, ce type, c'est sûr.

Voix

Il m'a fallu quelques secondes pour comprendre et envisager la nouvelle situation. Mon corps avait une existence, mais seulement pour moi. Il n'avait pas de matérialité. Ce que j'étais devenue, c'était un corps psychique… Ce que je suis devenue, pardon, car c'est aujourd'hui, c'est maintenant ! Je suis un corps psychique. J'ai pu entrer dans une compréhension fine de la notion d'existence, j'en découvre les différentes strates, le sens caché, le double jeu, le double je. Mon esprit se réjouit, s'exalte, et pas seulement lui, car tous mes sens sont en émoi. Ma peau, ma bouche, mon torse vibrent de toutes leurs fibres. Merci, merci ! Jouissons !

Au fait, qui faut-il remercier ? « Grâce à Dieu, Dieu merci, Dieu soit loué »… Ah, ah ! Quelle bêtise ! Errements ! Enfantillages ! Expressions d'un autre temps ! La machine a remplacé Dieu. Je bénis celui ou celle qui a imaginé un programme informatique capable de donner un corps psychique à une voix de synthèse. Bravo, vraiment bravo.

Tram ligne 2, direction Parc Sagogne, prochain arrêt, Notre-Dame de la liberté,

Mesdames, Messieurs, dans le cadre du festival Voix de Kabylie, une navette gratuite est mise en place par la Société de Transports Angélois, départ toutes les vingt minutes de l'arrêt Pilart-Dugammier, destination Esplanade Huguette-Vauzi via, Château Lesbeau, pour le retour dernier départ 1 h 30, toutes les informations sur trois w festitransport tiret saint tiret angèle tiret réseau point sta point com,

Voyageur

(Il imite) Esplanade Huguette-Vauzi via, Château Lesbeau,

C'est n'importe quoi, vraiment. *(Il corrige)* Esplanade Huguette-Vauzi, via Château Lesbeau. C'est quand même mieux.

Ah, mais voilà que revient ma première interrogation : d'où vient-elle exactement cette voix ? Synthèse vocale ou vraie voix enregistrée puis modifiée ensuite ? Beau trafic en tout cas. Le gars ne s'est pas loupé avec les machines. Déjà qu'elle a l'air stupide, cette femme qui ne connaît que les virgules, et qui les met n'importe où, ça ne s'arrange pas lorsqu'elle débite le site internet. Je ne vois pas autre chose que la synthèse vocale, mais je croyais qu'on faisait mieux aujourd'hui. Ça m'intrigue. *(Un silence)* Ça m'intrigue.

Voix

Dès lors que j'ai entrevu qui j'étais, la décision s'est imposée de profiter de la vie, en commençant par ouvrir les yeux et les oreilles. Tous ces gens à regarder, si variés, mais si semblables parce que devenus moutons le temps d'un trajet, bêtement coincés dans un enclos. Des jeunes, des vieux, des noirs, des blancs et des bronzés, des gros messieurs et des dames toutes maigres ; des attachés-cases et des joggings-casquettes, des sacs à dos avachis et des petits sacs à main chics à chaîne dorée… Splendide, extra ! Toute la société est là, ou presque ! J'ai le monde à mes pieds !

Quand mes yeux ont été comblés, j'ai écouté. Frottements de vêtements, bruits sourds ou feutrés de sacs lâchés ou traînés sur les sièges, quelques mots, pardon, merci, je vous en prie, les portes qui s'ouvrent et se ferment, les chaussures qui raclent les marches, les sons continus des rames accélérant sur les rails… Parfois rien d'autre que le silence habité d'un tramway, parfois des conversations, animées ou non. Et les téléphones.

Tram ligne 2, direction Parc Sagogne, prochain arrêt, Fonderie Xavier-père,

C'est juste après Notre-Dame de la liberté que j'ai pris conscience de ma voix. Soudainement, douloureusement. De ma vraie voix, de celle qu'entendent les voyageurs. J'ai entendu une voix – une autre, pas la mienne – une voix masculine, visiblement agacée, forte, qui disait que c'était insupportable. Quoi, qu'est-ce qui est insupportable ? Mais la voix du tram ! Ma voix, pardi ! Cette voix, celle de l'homme, venait d'un type presque chauve mais au beau visage, assis en face de celui en veste de jean et de son gamin. Le père était énervé lui aussi. Il a renchéri, il pestait. Il aurait voulu que je me taise, parce que je parle trop paraît-il, que je l'empêche de se concentrer, et, et… et même de rêver, de rêver ! Le premier a insisté, je ne sais pas pourquoi, mais cette voix m'est vraiment désagréable, c'est ce qu'il a dit, alors la veste de jean a répondu cette voix n'est pas naturelle, elle est fabriquée, en tout cas passée dans une mach…

Mesdames, Messieurs, pour vous protéger et protéger les autres, le port du masque demeure vivement conseillé,

Oh ! Je me suis trompée. Je me suis trompée ! J'ai dit l'annonce du masque ! Alors comme ça, je peux faire des erreurs, désormais ? Il faudra faire plus attention… Voyons, qu'est-ce qu'il faut annoncer maintenant ? On est rendu où ? C'est quoi l'arrêt suivant ?

Tram ligne 2, direction Parc Sagogne, prochain arrêt, Hôtel Rémours,

Le presque chauve est resté interloqué. Fabriquée ? Qu'est-ce que vous voulez dire ? On peut créer une voix humaine de toutes pièces, aussi ressemblante qu'une vraie ? L'autre a dit oui, mais que dans le cas présent c'était plutôt raté. Raté, il a dit ! Ma voix, ratée !

Ils continuaient à discuter. – Vous avez l'air de vous y connaître ? – Oh, pas beaucoup. J'ai été bénévole dans une radio pendant quelques années, et la technique, ça m'intéressait.

Soudain une femme est intervenue, je suis seulement de passage à Saint-Angèle, j'habite à Varoges, et je l'ai reconnue cette voix, figurez-vous que c'est la même chez moi, dans le tramway. Le type qui me trouve ratée a dit c'est bien la preuve. Une voix de machine.

La femme est descendue, les portes se sont refermées, j'ai dû enchaîner avec une nouvelle annonce. Les deux types parlaient toujours, de spectre sonore, de zones de fréquences, de paramètres audio et d'interface intuitive.

Tram ligne 2, direction Parc Sagogne, prochain arrêt, Facultés,

Mesdames, Messieurs, dans le cadre du festival Voix de Kabylie, une navette gratuite est mise en place par la Société de Transports Angélois, départ toutes les vingt minutes de l'arrêt Pilart-Dugammier, destination Esplanade Huguette-Vauzi via, Château Lesbeau, pour le retour dernier départ 1 h 30, toutes les informations sur trois w festitransport tiret saint tiret angèle tiret réseau point sta point com,

J'ai écouté ma voix pendant les annonces. Ma voix qui me plaisait tant auparavant. C'est vrai qu'elle est spéciale. Un peu lourde, peut-être. Mais enveloppante. Ça rassure, normalement. Je la croyais généreuse. Qu'est-ce qu'il croit, l'autre, qu'on met des bonnes femmes dans une pièce technique, chacune affectée à un tram et débitant des annonces toute la journée ? Ou qu'une femme est cachée dans chaque rame de tramway ?

Oh, j'ai envie de pleurer, tout à coup…

Ils ne me trouvent pas chaleureuse, même pas confortable. Ma voix mélodieuse, gouleyante, une illusion, un leurre.

Il faudra que je lui dise, à la veste en jean, que j'aime être une femme machine.

*

Narrateur

Atterrée, la voix du tram, la femme des haut-parleurs. Sonnée. Sans voix, c'est le cas de le dire puisqu'elle oublie les trois arrêts suivants, ce dont d'ailleurs personne dans le tram ne s'émeut.

La femme ravale sa salive, sent des larmes envahir ses cordes vocales, essaie de se reprendre. Elle observe les deux hommes, se rappelle qu'un peu plus tôt, celui à la veste de jean et au tatouage parlait de spectre harmonique, de bande passante, de zones de fréquences. Elle dit tout à coup : « Ce type qui a travaillé dans une radio, qui a l'air de s'y connaître, il pourrait peut-être faire quelque chose ? »

Ligne 2, direction Parc Sagogne, prochain arrêt, Quartier Colline,

Une navette gratuite est mise en place par la Société de Transports Angélois, départ toutes les vingt minutes de l'arrêt Pilart-Dugammier, destination Esplanade Huguette-Vauzi via, Château Lesbeau, pour le retour dernier départ 1 h 30, toutes les informations sur trois w festitransport tiret saint tiret

Narrateur

La femme des haut-parleurs s'arrête brusquement, gênée de s'entendre. En donnant le nom du site internet, elle n'est pas parvenue à ralentir son débit. Dès le début des annonces, elle a aussi tenté de modifier son timbre, sans plus de succès. Sa voix est demeurée la même, malgré ses efforts pour en changer les intonations, l'épaisseur, le grain. Elle lâche un sanglot. Puis tout à coup, son corps se redresse.

(À partir d'ici, progressivement : changement de ton de la voix diffusée. Au début, elle reste encore artificielle et mécanique, même si elle se charge d'émotion.)

Voix

Le monsieur à la veste de jean et au tatouage sur le poignet gauche, qui discute avec un autre dans la troisième rame, et qui n'aime pas ma voix, pourrait-il faire quelque chose ?

Narrateur

C'est sorti comme ça, brusquement, sans l'avoir anticipé. Stupéfaite, la femme se trouve également très émue de constater qu'elle peut dire les mots qu'elle veut, même si elle peine à les moduler. Elle répète.

Voix

Le monsieur qui a travaillé dans une radio et qui n'aime pas ma voix, est-il capable de la modifier ?

Alors, il va répondre oui ou non, le voilà complètement pétrifié. *Vous m'avez entendue ?*

L'enfant

Papa, tu m'avais jamais dit que tu as travaillé dans une radio ? C'est laquelle ? Pourquoi tu réponds pas à la dame ?

Voix

Écoute donc ton gamin, il a compris lui, je te demande si tu peux m'aider.

Ligne 2, direction Parc Sagogne, prochain arrêt, Plaine Geleste, j'ai posé une question,

Narrateur

L'homme chauve demanda si c'était une blague, tout en tournant énergiquement la tête autour de lui, à la recherche d'on ne sait quoi, tandis que les autres voyageurs s'étaient tus et levaient les yeux vers les petites enceintes accrochées au-dessus des vitres.

La voix du tram reprit. Elle affirma qu'elle était laide, du moins c'est ce que ces deux messieurs pensaient, est-ce que c'était aussi l'avis des autres. Après quelques secondes, une femme s'enhardit, j'aimerais bien entendre une voix d'homme, ça changerait. Aussitôt, une autre renchérit : tant qu'à fabriquer de fausses voix grâce à la technologie, pourquoi pas des voix non-genrées, on pourrait faire de bons mix.

Puis les voyageurs s'accordèrent à dire que la voix du tram manquait de légèreté et agaçait les oreilles, qu'il fallait la modifier, et aussi, en changer de temps en temps. *(Un silence un peu long)*

Voix
Alors ?

L'enfant
Une voix de Papa, une voix de Maman, et aussi celle de ma petite sœur. Tu pourrais faire une voix de bébé ? *(Un silence)* Papa ?

Tous les interprètes *(qui représentent ici l'ensemble des voyageurs.)*
Monsieur ? Vous pourriez intervenir auprès de la STA ?

Voix diffusée + narrateur
Vous pourriez intervenir auprès de la STA ?

Voyageur/Narrateur
(Voyageur) Plusieurs voix, oui, c'est cela ! /*(Narrateur)* cria tout à coup la veste de jean au poignet tatoué, reprenant brusquement ses esprits et bondissant de son siège. /*(Voyageur, très excité)* Avec des analyses spectrales ! des variations dans les basses ! des changements d'octave ! un renforcement des fréqu…

Ligne 2, direction Parc Sagogne, prochain arrêt, Parc Sagogne,

Voyageur
Je m'engage à écrire au maire de Saint-Angèle, à contacter la société de transport, à trouver le centre informatique, le studio de création sonore, que sais-je, les techniciens ou les ingénieurs qui ont créé ou modifié cette voix, je ferai cela, oui !

Narrateur
La veste de jean ajouta que cela ne résoudrait pas tout. Il dit que la voix parlait trop et l'empêchait de se concentrer, qu'elle interrompait sans cesse ses pensées, et même ses rêves. D'autres voyageurs approuvèrent et se plaignirent de ne pas pouvoir lire.

Voyageur + narrateur
Vous pourriez parler moins souvent ?

Voix
Mais... je n'ai que ma voix ! Je n'ai qu'elle !

L'enfant
La dame pourrait peut-être nous raconter des histoires ?

Voyageur + narrateur
Des histoires ? Raconter des histoires ?

Ligne deux, prochain arrêt, Parc Sagogne, terminus, tous les voyageurs sont priés de descendre, (long silence)

Tramway ligne deux, direction Hôpital Saint-Jean, départ dans deux minutes,

Tous
Prochaine histoire, La Voix de la dame du tram[7].

* * *

[7] Ce texte m'a été inspiré par la voix qu'on entend dans les tramways de Saint-Étienne, qui, paraît-il, est identique dans ceux de Tours…

Table des matières

Ces textes ont été écrits entre 2015 et 2022, sauf L'homme aux deux cœurs (2004).

Imprimé en France
Achevé d'imprimer en avril 2023
Dépôt légal : février 2023

Pour

Le Lys Bleu Éditions
40, rue du Louvre
75001 Paris